KB234341

봄은 왜 오지 않는가

봄은 왜 오지 않는가

이기형 시집

삶이 보이는 창

　지난 10년 간 작품 중에서 골라 또 한 권의 시집을 엮었다. 두렵다. 정치·문화·사회·역사에 대한 비판이 주류를 이룬다. 1984년 등단작과 2003년 미국 시편도 끼워 넣었다. '가시밭 약전' 속편을 실었다. 초고, 청서 때 거의 울먹이며 썼다. 다른 분들도 무게 있는 분들이지만 부득이 생략했다. 양해를 바란다.

　분단 59년!

　오늘의 시인, 특히 젊은 시인들은 고민도 통곡도 없단 말인가. 꿈은 아예 자취를 감췄다. 서푼도 안되는 헛소리로 일관하니 답답하고 안타깝다. 하기야, 나라 전체가 극히 일부만 빼고는 헛것을 붙잡고 삶을 천박하게 탕진하고 있으니 그럴 법도 하겠다.

　전진하는 역사관에서 볼 때 오늘의 우리 현실은 엄청나게 후퇴했고 타락했고 부패해 부정(否定)의 극치다. 비판적 리얼리즘 시를 써야 한다. 이런 견지에서 보면 내 시는 아직 미숙 미약하다.

　일찌기 타골은 나무 껍질을 벗기고 말린 후 인도 독립의 시를 썼다. 우리들은 이런 타골을 배워 조국 산야에 통일시를 아로새겨야 하겠다. 겨레와 역사가 요청하는 시를 쓰는 데 미력이나마 계속 정진할 작정이다.

과분한 발문을 써주신 임헌영 교수께 고맙고 송구스
럽다. 단평을 수고해주신 남정현 선생, 문병란 교수, 김
명수 시인, 김재용 교수, 이인휘 작가에게도 감사의 인
사를 드린다.

『삶이 보이는 창』 젊은 벗들에게 거듭 감사와 격려
를 보낸다.

2003년 8월 24일

중국으로 떠나면서 용인 구성 진산마을에서

2부 생명줄 금수강산

5부 가시밭 약전(略傳)

1부

봄은 왜 오지 않는가

저 통곡 저 아우성

억울해 백발 세월
식민에 짓밟히고 분단에 찢기고
빼앗긴 청춘의 조각들을 주워 모은다
시혼은 몸부림쳐 차마 그냥 죽을 순 없어
잃어버린 시간을 기어이 되찾고야 말 것이다
형제가 손잡자는데 못된 주둥아리들
딴것들과 얼러 쑥덕인다
선과 악 바름과 그름
진리와 사악 애족과 배족
싹다 뒤바뀌어 흥건한 고름 독버섯
시달리다 못해 울다 못해
어떤 이는 노장(老莊)과 兩李(滉·珥)를 들먹이고
어떤 이는 신변잡기와 감정의 유희에 노닐어
부끄럽구나 과녁은 어디겠냐
피 토하는 갈라진 삶
겨레의 시심(詩心)은 폭발하거니
저 통곡 저 아우성

(1999. 1. 12)

항성(恒星)

미사일이 휙 휙 날았다
하늘을 덮고 땅을 삼키는 융단폭격
딴쪽 지구촌은 박살났다
피투성이 서정 시인의 손에는
'눈물도 서정시도 안 먹혀…' 라는
원고지 조각이 들려 있었다
힘의 제왕은 피 묻은 칼을 놓지 않았다
'장송곡을 울리렷다, 내 말을 듣지 않는 자는…'
사람마다 큰님을 잃고
멍하니 헛짓거리에 사생결단한다
저 무너지는 요란한 소리
빛나다 멍든 세기는, 아직
젊음을 하직하진 않았다고 호언한다
아침이면 오늘도 해는 동쪽에서 떴고
저녁이면 여전 북극성은 제자리서
빛을 뿌려 어둠을 살랐다

(2002. 10. 2 용인 진산마을에서)

분류(奔流)

아담과 이브가 에덴을 거닐기 훨씬 이전에
태초의 고요를 뚫고 시뻘건 용암은
천지(天地)를 밝혀 백두대간을 분류했다
오늘 너를 부르며 정은 분류한다
티 없이 흠 없이 한 길로 내달린다
잘린 조국의 한 허리를 부여안고
통곡하는 절벽
다만 하나됨을 위하여
응축된 정은 사무쳐 분류한다

(1999. 2)

돈때 묻은 오늘을 침 뱉는다

옛 자연 그대로의 순수시대
돈때 묻은 놀라운 초전자파 만능시대

깊은 뽀로지골에서 흘러오는
돌물은 맑고 깨끗했다
고모와 그 또래들은 하드닥거리며
머리채를 달싹달싹
돌 도마 위 옷가지를 뒤척여
빨래방망이를 두다렸다
나는 고모가 버들가지를 꺾어 만들어 준
피리를 삘릴리 불었다 뒷동산에서는
소쩍소쩍 소쩍새가 한가로이 울고
귀순이는 샘물동이를 이고
넘치는 물방울을 받아 뿌리며
도랑산을 내려온다
삼촌은 사래 긴 너른골 밭에서
이랴 낄낄 밭을 갈았다

80년 전 내 어린 날을 회상한다
오늘은 옛날의 시냇가 돌 도마 대신
세탁기 버튼만 누르면

십여 벌 옷가지도 후딱 빨아버린다
트랙터로 수천 평의 땅도 단숨에 갈아 제낀다
인터넷 요술은 온 누리 정보를
깜짝 새 손바닥 위에서 읽어낸다

…그런데
왜 이리도 답답하고 피곤하고 허전할까
백두 천지로 못갈 바에야 동강 어라연에라도 가볼까
분단에 대해선 한마디 반성도 없어
허깨비에 놀아나는 허깨비 인생
인성의 폐허를 개탄한다
불의와 혼돈과 범죄가 판을 쳐
바꾼다 바꾼다 해도 진짜 바꿈은 오리무중
분단의 짓누름은 너무도 커
억압의 멍에를 싹다 죄다 벗기지 않고는
만사는 헛것 속임수 땜질로는 안 돼
천지개벽의 소낙아 억수로 쏟아 주렴
옛 빨래터 웃음소리를 다시 듣고 싶어
옛날 고향의 향기가 마냥 그리워

(2000. 6. 10)

봄은 왜 오지 않는가

세상꼴 조읗타
차마 눈을 뜨고야 어찌 본다냐
구석구석 가치 척도가 거꾸로 돼
의인은 왕따당하고 돈 없는 추녀는 강아지와 신세타령
세상은 온통 미국식 바람이다
돈타령 섹스타령 영어타령
머리털까지 요사스레 물들이고
미친 영어 열풍 아기 혀마저 수술했다
역사를 거스르는 미국 대통령이
제 뜻과 같다고 희희낙낙
헛것을 붙잡고 삶을 천박하게 탕진하는 군상들
반세기 갈린 고통에도 정신을 못 차려
어제는 남북공동선언이 있었건만
오늘도 분단악법은 기세등등하다
살인 흉기를 사 들이노라 혈세를 쏟아
여중생 둘이 미군 장갑차에 깔려 죽어도 손 못 써
모순 절망 방황 혼돈이 난무한다
동강 어라연엘 가봐도 분통은 풀리질 않아
돌아온 들에 봄은 왜 오지 않는가
꿈별을 바라 밤마다 통곡한다

(2002. 7. 분당 숯내가에서)

희한한 풍경

한 집 건너 두 집 건너
몰래카메라를 설치해
인터넷 화면에 연결해 놓고
사랑의 밀어를 듣는다
사랑의 세레머니를 본다
밀어와 세레머니에 붉은색 코팅을 해
제왕 앞에서 문초한다
판례법서가 산더미다
질식해 죽은 자 어찌 헤아려
노벨도 인터넷 창안자도
'낯 뜨거운 세상놈아!'
노성이 자지러진다

(2002. 10. 20 용인 진산마을에서)

첫사랑

아득한 옛날이던가
맑디맑은 기억의 샘물
찰랑거려 반짝거려
사립학교 4학년
봄날 오후 하교길 내 앞에
남치마에 흰 저고리를 받쳐 입은
빨간 댕기 검은 머리채 고운 소녀가
상글상글 걸어갔지
웬일일까 뺨이 아련히 달아올라
가슴의 두근거림 꿈의 황홀함
갈림길에서, 그만
소녀를 놓쳐버리고 넋 빠져
해는 서산마루에 뉘엿뉘엿
굴뚝연기가 시름시름 오르는 산촌 저물녘
산새는 마지막 목청을 돋우며
깃을 찾아 날아가드라

오늘 분단 반백 년
단장의 나날
백발을 옴싹이고도
황혼을 메다 꼰지며

나의 베아트리체
내 고향 나의 조국
너 시혼을 부른다
너를 향한 불덩이 가슴
물줄기를 가르고 산허리를 부수고
너와 나 둘만 아는 그리움
울 밖 매화꽃보다 아름다와
산마을 복사꽃보다 향기로와

강물은 굽이친다
산빨은 파도친다
치솟는 섬광 뛰노는 핏줄
아, 힘의 원천 벅찬 숨결
너 불덩이 시심이여

(1999. 4)

숯내 사랑가

나는 매일 손녀 아기 유모차를 밀고
노래 아닌 노래, 광대 아닌 광대 짓을 하며
분당 숯내 강가를 돈다
물줄기는 그래도 옛날처럼 아래로 흐른다
초가집 기와집은 온데간데 없고
난데없이 빌딩 숲이 하늘로 솟아
무명초는 강바람에 머리 풀려 스치운다
백로 여남 마리가 푸드득푸드득 날다
앉아 노니곤 한다 얕은 물에 발을 담근 채
멍히 서 있는 연잿빛 한 마리가 번번이 눈에 띈다
옆에 두 마리는 주둥이를 쪼아주며 뱅뱅 돌기도 한다
연잿빛은 외톨이 암컷이 틀림없다
가까이 다가가자 둘은 후닥 날아간다
연잿빛만 고냥 고 자리다

'백로야, 널 잡을 내 아니다
잘린 세상이 하 수상해
해맑은 널 보려 함이니라'

가깝게는 6 · 25전쟁 적,
멀리로는 옛 삼국이 한강 하류 여기서 힘을 겨룰 적,

신랑을 잃은 새악시를 떠올렸다
흑발이 백발이 되고 홍안이 노안이 된 모진 피세월
정처 없는 상념 수심에 잠겨
젊음과 사랑과 조국의 부활을 꿈꾸며
숲내 푸른 물결에 눈물의 시선을 꽂는
생 청상의 여인

'내 낭군을 돌려받을 방도는 없나요?'
'사랑노래는 끝나지 않았어요!'

싸아, 호들갑바람이 머리를 지운다
손녀아는 강물과 백로와 나비를 바라보느라 꼼짝도
안해
검은 머리 새빨갛게 싯누렇게 물들이고 지지고 볶은
청바지 쌍쌍이
'디지탈', '사랑사이트', '원조' 따위
알아들을 수 없는 말끝을 흘리며 지나간다
걱정이 태산이구나

(2002. 7 분당 숯내가에서)

명동거리에 띄우는 노래

새천년 유행의 첨단이랍시는
명동 거리 화사한 저 미인群을 보라
一世의 멋율동이 물결친다
저무는 황혼길 나는 터벅터벅 추억에 잠긴다
그래, 우리들의 젊은 날을 누가 빼앗아 갔지
울밑 봉선화를 생각하며 눈물짓는 까닭을 아느냐
내 고모는 봉선화 노래를 부르며 봉선화 꽃으로 손
톱을 물들였건만
너희들은 외제 껌을 씹으며 USA 매니큐어로 물들
였다
고모의 치렁한 검은 머리채 대신
늬들은 빨갛게 노랗게 싯누렇게 물들이고 지지고 볶
았지
인간의 진정한 아름다움이란?
생김새, 옷, 화장, 멋
아니다
단연, 마음가짐에 있다
다시 묻자
뭇 혼들이 곡하는 까닭을 아느냐
식민과 분단으로 백년을 헛살고도
아직 정신을 못 차려 분통이 터진다

빼앗긴 젊음을 보상받을 방도는 없는가
나이를 물려받으며 나날이 아름답게 회춘하는 길 뿐
너희들은 몰라, 모르도록 가르쳤다
텅 빈 서푼 사랑의 수렁길을 아무리 헤매도
별길은 없다
남의 거품모양새에 춤추지 말고
누리를 비추는 꿈별을 바라
한 가닥 진리에 눈을 떠 보라
대롱거리는 달러 끈일랑 싹뚝 잘라버리고
잘 익은 장맛 나는 우리 길을 닦자꾸나

(2000. 11 분당 숯내가에서)

절정의 노래

나는 지금 처녀시인과 나란히
이어도 백사장 늘푸른둑을 걷고 있습니다
저—기 한라 위용은 구름파도와 숨바꼭질합니다
백십 층 쌍둥이 호화 빌딩이 자살비행기탄에 동강나
녹아내릴 때,
그 초고열을 아십니까
내 온 몸의 열도
시의 산맥이 꿈틀거립니다
한 갑자(甲子)나 젊어졌습니다
그는 내 제주 4·3시를
청정 샘물 흐르는 글귀로 아로새겼고
엊그제 통화 때는
내가 천승세의 통일시 「북녘 개풍바람」을 말하자
"가만 계셔요" 하드니 대뜸 "오시는 뜻 저어하면/산
목숨도 죄 됩니다…"라고
시 전문을 단숨에 읽어 내려갔습니다.
황홀했습니다.
바로 앞에 내 통일시 책이 놓였던 모양
가슴이 찡했습니다.
흔히들, 작가는 단 한 사람의 독자만 있어도 행복하
다고 했습니다.

온 나라 온 지구를 주름잡는 이야기꽃은 끝이 없었
습니다.

그는 문학인의 사명을 물었습니다.

"당장은, 통일을 위해 써야지."

"21세기 전망은요?"

"미국은 세계의 왕좌에서 밀려나고 우린 통일되겠
지. 빈부의 균등이 잡히며 민중의 시대로 한발짝 다가
서겠지."

그는 화제를 바꿔 전번 내가 에베레스트 정상에 올
랐을 때의 소감을 듣고싶다고 했습니다.

"웅장!

장엄!

유수!

신비!

영원!

그리고 뭐랄까

지구 만상이 내 발 아래 놓였으니

마음이 붕붕 날지요

지구 맨 꼭뒤에서 북극성 미녀와 꿈의 악수를 나누
는 상(像)이랄까

동시에, 높아질수록 낮게 엎드려야 한다는 다짐도

했고
　하지만, 작은 내 나라는 왜 하나가 못 되는가?
　슬펐어!"
　"해냈다는 성취감의 절정이었나요?"
　"아냐, 지금 이 둑이 에버레스트보다 더 높을지 몰라
진짜 절정은 통일 완성의 그날이구."
　머리를 드니
　한라산 너머 아득한 백두 영봉이 어른거렸습니다.

(2001. 11. 20 분당 숯내가에서)

신은 죽었는가

신새벽 시를 쓰는데
느닷없이 문을 두드리는 소리
검은 제복 셋이 신분증을 내민다
"경찰입니다."
가잔다
"전화면 되지, 이런 식으루…."
나는 나무랐다
다리 아픈 아내는 같이 간다고 우긴다
옥인동 서울경찰청 보안과로 끌려가니
여든 셋의 나를 문초한다
도대체 통일하자는 게 뭔 죈가
국가보안법이 망가뜨려놓은 막된 세상
민족의 운명은 벼랑 끝에 섰거니
백이숙제 산림은사들이 생각났다
온 종일 들볶더니 나가란다
다른 분들도 온 모양
집에 돌아오니 아내는 눈물을 글썽이며 반겼다
애국과 비애국, 선과 악, 정의와 불의가 싹다 뒤바뀐
분단 55년
국가보안법은 여전 판을 치고
냉전유령이 활보하는 동토

식량 의약품 소떼가 북으로 가고
금강산 구경을 매일 다녀오고
남북친선음악회다 통일농구다 줄줄이 열리는 마당에
국가보안법이 웬말인가
미군 주둔이 웬말인가
세계의 웃음거리가 된 나라
자, 어떻게 해야
반 백년 한을 풀고 통일을 이룰까
신은 정녕 죽었는가

(1999. 12. 16)

인간은 독해

한 옛날 동강가 가래봉 아래 협곡에서
사람을 모르던 호랑이가 사람을 처음 만나
사람의 독기에 화들딱 놀라 생똥을 싸고 도망쳤다
독한 인간들의 총싸움질에 어떤 호랑이는 죽고
어떤 호랑이는 삼팔 이북으로 도망가고
인간의 독기로 반쪽 산하에 호랑이 씨는 말랐다

오늘 그 동강 협곡에 댐을 막아
그의 숨통을 끊을 양 독기는 요란하다
자연의 보배로운 흔적과 아름다움이 물 속에 잠길 판
사람들은 두 팔을 걷어붙이고 참된 독기로 맞섰다
똥싼 호랑이 넋이 가래봉 위에서 내려다본다

인간의 독기는 마침내
조국의 허리통을 잘라 쉰 네 해
독한 맞섬, 형제의 숨통을 틀어막고 놓지 않는다
겨레의 하나됨을 위해, 인류의 평화로움을 위해,
인간의 못된 독기는 가라앉히고
참된 독기로 새 세상을 일구어 꽃피우리

(1999. 1. 20 용인 구갈에서)

함께 아리랑을 부르며

날 건드리지 마
내 여든여섯 쭈구렁 힘줄도 터질 것만 같아
첫사랑이 깨지던 그날도 이렇진 않았어
못 견딜 그리움 매운 분노 모진 슬픔
끝내는 꿈의 설레임
한 핏줄 형제가 바로 조긴데
쉰여덟 해나 지구촌 밖 헤어진 삶이라니
쓸개 창자 다 썩어 문드러진 놈아, 그래도 네가
부끄럼 없이 신사랍시고 고급양복에 넥타일 매고
점잔스레 싸다닌다냐
정치가 어쩌니 경제가 이러니 예술이 어쩌구 저쩌구냐
혹독 세상의 원흉은, 바로
낯선 안방 불청객이다 생사람 잡는 법망이다
썩들 나가라, 단 한마디라도 소리친 적이 있나
당장 없애라, 단 한마디라도 소리친 적이 있나
오늘 우리 땅에 언론인이 있는가 애국자가 있는가
본시 잘났건만 왜 이렇듯 지지리도 못나게 추락했나
긴 피세월 반천반민(反天反民) 교육 탓이다
하루 바삐 위천위민(爲天爲民)으로
상생하고 홍익인간으로 돌아가야 하느니
가치 척도가 뒤바뀐 이 땅 분통이 터져 어지러워

6·15 큰울림 누가 막아 너 나 하나 되는 위대한 꿈
이여
뒷산 앞들 오월의 푸르름 가슴 가득히 안고
함께 아리랑을 부르며 백두산 높이 솟았으면
솟았으면

(2002. 6. 4 분당 숯내가에서)

토박이 할아버지

분당 갓골 최서방은 이 고장 알짜 토박이
여든 두 해의 삶에 찌들어 허리는 꾸부정
얼굴은 쭈굴쭈굴 한쪽 눈은 백내장으로 멀고
이는 반 이상이 빠졌다
가난 탓에 학교는 문전에도 얼씬 못했고
농사일에 잔뼈가 굵었다
징용을 피해 한때 마차도 끌었다
또래 친구는 하나 둘 세상을 떠
외롭고 사람이 그립다

해방 어느 해던가
양영중학교 마당에서
신익희 선생의 선거유세를 들은 게
잊혀지지 않는 유일한 자랑거리
어느 날 난데없이 고향을 도적맞았다
아슬한 빌딩 숲에 밀려
동네 옛 모습도 구숫내 맑은 물도
파아란 하늘도 온데간데 없고
낯선 타관내기만 득실대
마음 붙일 곳이 없구나

그땐 세밑께
망태기에 쌀 두 말만 걸머지고 장엘 가도
설은 거뜬히 쉴 수 있었건만 세상은 고약해
여기 저기 패로 나뉘어 잠도 안 자고 으르렁대
토박이 할아버지는 허리를 펴
종지봉 너머 잘린 백두대간을 똑바로 쳐다본다

(2000. 3. 5 분당 숯내가에서)

백년의 회고

'20세기여! 잘 가라'
누가 떳떳이 말하려는가

할아버지는 식민시대를 어떻게 살으셨습니까
아버지는 분단시대를 어떻게 살고 있습니까

민족을 배반하지 않았습니까
지조를 지키며 살으셨습니까

식민과 분단으로 헛보낸 백년
견디기 어려운 치욕과 고난의 피세월
세기의 중마루턱은 처절한 죽임의 난장판이었다
외세를 등에 업은 민족배신자들은 살쪘고
헐벗은 민중은 가시밭길을 헤맸다
분단선 이남은 잘못된 가르침으로 인성을 망쳐 놨다
겨레의 사랑노래가 없었다
북을 캄캄 몰랐다 모르도록 가르쳤다
소련과 동구가 무너졌을 때
북도 꼭 무너질 줄 알았다
전 세계가 달라붙어 목을 조였건만 끄떡없었다
평양학생소년예술단과 교예단의 서울 공연을 보고

서야

    저런 예술이 꽃피다니! 야만의 땅에
    놀랍다 잠에서 깨어났다 신기에 감탄했다
    남북 두 지도자의 공동선언으로
    부끄러운 냉전 얼음덩이는 녹기 시작했다
    56년 만에 바른 길로 들어서려는 현대사!

    21세기여! 다시는 기회를 놓치지 않겠다
    백두 천지에서 벌이는 하나 되는 큰잔치
    아! 그 날아

(2000. 7. 14 분당 숯내가에서)

겨레의 큰말씀

나라가 동강나 쉰여덟 해
한숨 눈물 원성이 천지에 가득해라
조국 강산아 물어보자
수려 동산에 진달래는 왜 피고 지나
명사십리 해당화는 왜 세세년년 피고 지나
핌도 짐도 하나의 우리 터전
빛나는 삶을 위함이 아닌가
백두산 박달나무, 남산 소나무, 한라산 구상나무
저 천고 낙락장송의 푸르름
한강, 대동강, 낙동강, 압록강
저 천고의 늠실늠실 푸른 물결
또한 우리 삶 만세의 푸르름을 위함이라
분단의 아픔이 비록 가시밭길일지라도
내일 정녕 하나 되는 환희를 위해
백발을 잊고 광대짓에 흥얼흥얼
세 살배기 손녀의 유모차를 밀며 통일시를 생각한다

오늘은 이름뿐인 광복절
아, 그 날의 감격을 누가 앗아갔나
우리는 똑똑히 안다
그자들은 핵과 미사일을 조준해 놓고

제 말 안 들으면 인정사정없이 무자비하게 내리친다
저야말로 '악의 축'이 아닌가
어제는 윤금이를 맥주병으로 음부를 쑤셔 죽이더니
오늘은 여중생 신효순 심미선을 장갑차로
개미 누르듯 깔아뭉개 죽이고도
남쪽 천오백 리를 늠름히 활보한다
저들의 만행은 사사건건 이러했거니
나랏님들이여 저 불한당들을 당장 내쫓으라
반백 년 넘게 민초를 짓밟은 법망을 싹다 걷우라
정의와 서정시가 먹혀들지 않는 슬픔, 분노
여태 허깨비만 붙잡고 삶을 천박하게 탕진했느니라
피고 또 피는 진달래야
흐르고 또 흐르는 한강수야
6·15 큰 말씀 따라
쉬임없이 끊임없이 가다 보면
그 새벽은 기필코 동터 오리

(2002. 8 분당 숯내가에서)

친일 실체를 밝힌 애국봉화

—임종국(林鐘國) 선생 서거 13주기에

임종국, 그는 조국 분단의 본질을
뿌리째 꿰뚫어 밝힌 천재적 고유명사입니다
문필 애국의 정수, 최고봉입니다
저 지조와 실천의 애국봉화 빛나는 별
그 별을 향해 우리 후학은
경탄하고 감사하고 머리를 숙입니다
힘을 얻고 결심합니다
님처럼 불의와 맞서자고
님처럼 애국 애족하자고

남북 분단 58년을 맞았습니다
선생이 우리 곁을 떠난 지도 어언 13년이 되었습니다
가슴이 찢어집니다
민족 비극은 오늘도 절정을 향해 치닫습니다
미친 영어 열풍은 아기 혀마저 수술했습니다
국가보안법은 여전 기세등등합니다
그러고도 아직 정신을 못 차려
허깨비 정치, 꼭두각시 짓거리, 찌꺼기
흙탕문화에 몸부림치며 사생결단 광란합니다
이 나라는 과연 어디로 가고 있습니까

임종국 선생이 손수 피눈물로 엮은
친일 명단 수만 장이 팔만대장경처럼
국보로 지정되는 바로 그 날
우리나라는 비로소 바로 서게 될 것입니다
선생이시여 우리들은 지금 당신의 평생소원이던
친일 인명사전 출판, 일제 잔재 청산
남북통일을 향해 온 정성과 힘을 쏟고 있습니다
내내 저희들에게 힘과 용기를 주시옵소서

(2002. 11. 9)

파문(波紋)

이웃은 달나라로 이민 갔다
쇠별 파편에 혹여 다치지나 않았는지
나 몰래 너 몰래 하늘을 빙빙 돌아
지구촌 구석구석 샅샅이 사진 찍어 간다고
간밤 내 숨소리도 담아 갔을 거다

우린야 땅 위 코 앞 일만도
등심 진이 빠진다
나랏몸 한허리 생피 흘러
엎져 통곡할 겨를도 없구나
벗겨진 짚세기짝 저만치 밀려났다

목이 탄다 눈물이라도 마실거나
쇠붙이 천재들인가 석유방울 마술사들인가
못 견디겠다
쇠별아 너 그 놀라운 재주
삼팔선 엑스레이 천연색 사진일랑
지구촌 동네방네 흩뿌려다오

어느 막바지 돌배나무 푸른 넋에
그늘진 옛집 지붕만이라도 찍어다 주렴

진달래 밭에 피를 토하던 뒷동산 두견새 울음아
내 주름살 백발 사진은 맞바람에 잉잉
소년을 부르는 동구 밖
미루나무 가지에 덩실 걸어 주구

길거리엔 근사한 허울들 땅바닥을 긴다
로봇이란 놈 아귓심 좋구나
골통마다 댕강댕강 끄집어 들어
네모 쇠상자에 처박는다
두부모처럼 흐들흐들 네모져 가는 미라
희한타

남들은 별을 낚아도 제 발등 불을 못 꺼
아니다, 얼음장 밑엔 봄이 와 있었다
소낙비 지나간 산천에 푸른 이야기들이여
몇 시냐 머리맡에 엎어놓은 청사진
새벽의 부활 잠 깸
종소리보다 먼저
퍼지는 기지개 파문이여

(1984년 등단작—실천문학)

단풍

여복해야 저리도
피를 토할까
설악도 내장도 새빨갛구나
백두인들
묘향인들
오죽하리

철들 무렵
고향 만산홍을
바람은 귀띔해 주더라

〈나라 찾자는 횃불〉이라고

생판 어이없이 갈라져
백발이 된 세월이여

나라 팔자
세상에 이럴 수야

모른 척 뜨고 지는
태양은 능청스러워

차라리 빛을 거두라

봄엔 접동의 피울음
가을엔 온 산이 피를 쏟아

(1984년 등단작—실천문학)

벼랑길

칠십 평생
단 세 식구
바다라 산이라
함께 간 적이 없다

꽃 한 포기 나무 한 그루
못 가꾼
타향 뉘네 떠돌이

생활이란 게 느을
넝마처럼 찢어졌다

누가 계획 따윌 모른대나
세워들 봤자…

여기 옥매이고
저기 터지고
끌러도 기워도
이 매듭에서
그 허방에서
퍼시식 펑

그날이 그날이었다

첫새벽 도매시장에 하루의 목숨을 건 함지박 리어카
부대와
일요일 아침 역전과 터미널의 야단스런 광경 사이에서
빌딩 숲과 자동차 물결에 밀린 변두리 비닐 개정집
을 지나
강 따라 올라간 거기 막바지
삼대지붕 밑 깊은 주름살 아저씨 사이에서
내 생활은 쭈빗거렸다

한 굽이 돌면
더 아슬한 또 한 굽이가 기다렸다
한 고개 오르면
더 험한 또 한 고개가 맞서왔다
쫓기다 보니
목구멍이 포도청이다 보니
자빠지다 꼬꾸라지다 보니
어느새 백발의 고갯길

아직

썩지 않은 두 다리
망향의 벼랑길을 옌다

(1984년 등단작—실천문학)

큰잔치

진靑磁 나래 파닥여 다리 놓던
오작들
어데 갔느냐
은하는 아득히 멀어
아, 우린
견우 직녀만도 못해
두 팔 벌리면
고향 하늘은 앵겨 온다
상감청자 굽던 할아버지
으지직 허리 펴 바라보던
저, 파아란 하늘
산과
들과
강과
나무 한 그루
갓 핀 잎사귀 한 쪼박
조잘이는 실개천
눈 뜨는 버들개지
산천은 떨쳐
옛날처럼 푸르구나
빨래가지 희뜩희뜩 이 마을 저 골짝

정이야 찰찰 넘쳐
열 번 눈 감았다가도
다시 떠 보고픈
내 고향 내 강산이 아니드냐
수려강산 큰할아버님을 받들었거니
속알머리 그리 좁다냐
저승길론 들지 말래도
아케론 강은 건너지 말아야지
보소 보소 날 보래도오
꽉 붙잡아야제
무덤마다 어른들 일떠나
두 발 동동 구른다
참다못해
백두산도
한라산도
온 묏부리 흔들어
왈칵 큰 입을 열었다
낙동강도
압록강도
물머리 쳐들어
영각소리 울부짖는다

청산 골골에 감돌아
울어 예는
넋이여
둥둥… 둥둥…
천지, 백록담 선녀들
어울려 나리어 북을 울린다 울린다
열두 대문 활짝 열어제끼자
속간장 애간장 타악 터 놓고
흥타령에 천안삼거리서껀
목통아 터져라 터져라 터져라
어깨춤 덩실덩실 얼씨구 좋다아
한강물도 보라춤 춘다
두만강물도 용춤 춘다
아따 그 춘향아씨 막판굿
내 평생 원이라
가슴팍 허리통 부둥켜안고
한바탕 후련헌 큰 잔치 벌여 보잖구나

(1984년 등단작—실천문학)

독백

진종일
잔디밭을 갈아앉으며
쑥덕거리고
흥얼대는
저 사람들은 누구요

우리들은
어깨쭉지를 늘어뜨리고
가방을 들고
말없이 뚜벅뚜벅 가지요

종이쪽지가 날리고
애띤 목청이 울리면
후닥닥 돌진하는
저 사람들은

우리들의
눈과
귀는
세상에도 더러운
똥벼락을 맞아야 했습니다

어릴 적
마을사람들이 미친개를…
그 광경이 눈앞에 어렸습니다

나는 머리를 모로 흔들었습니다
그러나 그 장면은
좀처럼 지워지지 않았습니다

가문이 들성거리는 무서운 결심을 한 친구의
뒷모습은 드디어 사라졌습니다

어느 대학총장의 취임사가 자꾸 생각났습니다

〈나으리들이 단 한 명이라도 얼씬대면 나는 그만두
겠습니다〉

관악도 말이 없고
벗들도 말이 없고

(1984년 등단작—실천문학)

깨우침의 자비를!

—8 · 15 시청 앞 광장 반핵 반김정일 집회 소식을 듣고

저렇게도 모를까
진리와 정의를 저리도 몰라
바름과 그름을 저다지도 못 가려
역사와 겨레에 저토록 캄캄할까
같은 땅 같은 후손끼리 저 지경으로 다를까
지금이 어느 때인데, 깨라 천둥치는데,
성조기를 흔들며 인공기를 찢고 그 초상화를 불살라
단군 할아버지의 호령소리가 울린다
뭇 선열들의 통곡소리가 들린다
하기야, 저렇게 가르쳤것다
저 사람들의 뿌리를 안다
낯뜨거워
좌우 문제가 아니다
민족 생존 문제다
참애국 비애국 문제다
겨레 자격 문제다
그날 영광의 광장이
오늘 치욕의 나락으로 떨어졌다
경악, 분노를 넘어 슬퍼진다
분단 58년에도 정신을 못 차려
이 나라가 어찌 될꼬!

신이시여
저 사람들에게 깨우침의 자비를 베풀어 주시옵소서

(2003. 8. 15 용인 진산마을에서)

2 부

생명줄 금수강산

지리산 천왕봉에 올라

장터목 산장
한밤중 잠이 깼다
바라 뵈는 하계, 이건 웬일
온 산에 도깝불이 노닐어
오싹, 머리끝이 빳빳해 옷깃을 여몄다
분명 님들의 인광

아, 20세기 중마루턱 민족비극의 절정이여!
제석봉도 넘어 통천문을 빠져 천왕봉에 올랐다
삼도를 품은 대 지리산의 웅도
동천이 붉으레 구름바다 위 섬들은 황금빛 잔치가
요란했다
북쪽 머얼리 백두산 장군봉을 불러 본다
내 고향 '뽀로지'로 단숨에 건너뛸 방도는 없을까
눈 아래 속계는 부글부글 아우성쳤다

(1988.10.12)

태백산 천제문

칠흑 캄캄한 새벽
백설을 등불 삼아
겨레의 성산에 오른다
살아 천년 죽어 천년
저 주목의 눈망울
너는 분명 이 땅 유구한 역사와
오늘의 분단을 말하는 증언자
저마다의 동공빛은
저 싱싱한 몸통에
오늘의 슬픔을 각인했다
드디어 태백 정상에 올랐다
동천에선 붉은 햇덩이가 솟아올라
온 누리를 비춘다
영험한 천제단
왕검님의 천제문 봉독 소리

'하루 바삐 외세를 물리치시옵고
얼른 남북 형제가 하나 되어
내내 강녕과 화목과 평화를 누리시옵기를
심금을 가다듬어 기원하나이다.'

(1999. 2. 2)

너의 뜨거운 가슴은 찬 바다도 달군다

제주! 너는 오늘
4·3 불기둥이 폭도와 빨갱이로 찍힌
악몽을 털고 유채 꽃밭처럼 환히 웃는다
통일 그 한마음으로 한라에 올라 백두를 부른다
한라 묏봉은 하 높아
드센 바닷바람도 맥없이 주저앉았다
뭍에서 통나무배를 타고 건너온
먼 옛날의 조상이 고맙구나
삼별초 치러 온 몽군도 질겁해 도망간 땅
유배 온 추사는 세한도를 그리고
반일투사들은 독립을 일깨워 주며
앎의 씨앗을 뿌렸거늘
제주 4·3은 해방정국의 뜨거운 한복판
좌익과 우익의 대립이 아니었다
애국과 비애국이 대립하고
반일독립투사와 친일배족자의 맞섬이었다
잘못된 현대사 비극의 절정이었다

함석헌 옹은 증언했다
'서북청년단이 제주도에서 저지른 만행에 대해
서북인을 대신해 사과를 드립니다.'

너는 언제나 역사의 한복판에서 앞서갔다
남북 칠천만에게 통일 말곤 다 헛것이거니
가시밭과 험산이 앞을 가로막아도
기어코 하나 되려는 너의 뜨거운 가슴은
찬 바다도 달군다

(2001. 5. 24 분당 숯내가에서)

청령포(淸泠浦)

1

"…방원 할아버님은 동생 둘을 죽이고 왕위에 오르셨것다. 허면, 내가 조카 왕을 없애고 임금이 된들 뭔 죄가 될꼬…" 수양의 얼굴에 굵은 경련이 스쳤다.

"청령포로 말씀 올리옵자면 강원도 영월땅 벽지 남한강 상류에 자리 잡아 삼면이 강물로 둘러싸였다고나 할까요. 무인 솔밭이요, 자라목 같은 뒤켠은 峨峨 절벽으로 깎아질러 한번 갇히기만 하면 날새도 못 빠져나갈 천하의 요새이옵니다 예…" 귀양지 물색에서 돌아온 밀사의 설명이었다. "으음 그래애…" 세조의 왕관은 앞뒤로 끄덕였다.

2

단종(1441~1457)은 왕위를 빼앗기고 노산군으로 강등되었다. 폐왕을 태운 사인교가 동대문을 나선 지 엿새 만에 강원도 원주 땅에 닿았다. 신림(神林)을 지나서는 좁은 산골짝 길 유월의 땡볕에 보교 속은 찌는 듯했다. 열여섯 살 노산은 슬픔과 두려움에 떨었고 얼굴은 눈물범벅 흰 두루마기 소맷자락은 눈물에 흠뻑 젖었다. 번개고개를 넘어서 사인교는 한숨 쉰다. 그제서야 앞닫이를 올려 준다. 일행은 나룻배로 푸른 강물을 건너고 백사장과 자갈밭을 지나 청령포 솔밭에 당도한 것은 다음 날 정오께, 냉정한 유폐소 문은 닫혔다.

3

   바람 서리 오백사십 년 올 여름 나는 나룻배에서 내려 옛님의 발자취를 더듬어 백사장과 잔돌밭을 지나 청령포 솔밭에 섰다 정정한 노송들 육백 년 풍진을 두런두런 들려준다. 작고 허름한 비각 하나 비석의 희미한 글자 〈端廟在本府時遺址〉 사약을 들이키는 님의 떨리는 마지막 모습이 어른거렸다. 솔밭 한복판 우람한 늙은 소나무 한 그루 두 갈래 드센 몸통 악다구니로 퍼렇게 솟아 하늘에 고한다. 모진 세월을 보고 들었대서 관음송(觀音松) 옥색 두루마기에 하얀 갓신, 통영 갓을 단정히 쓰고 저 갈래 턱에 기대어 왕비 송씨를 생각하는 수심 찬 어린 단종 하늘을 손짓하는 푸른 잎

새는 그 날의 한을 울부짖는다. 높은 가지 두견새야,
소쩍 소쩍 오늘도 피울음 우는구나.

  솔밭을 지나 산비탈을 오르면 망향탑! 그 옛날 비운
의 단종은 북천 궁궐을 바라 돌멩이 하나 둘 망향의
심사를 달래 탑을 쌓았단다. 절벽 아래 푸른 물줄기는
늠실늠실 굽이돈다. 한숨소리가 들린다. 눈물이 어른거
린다. 세월의 험한 고개를 넘고 넘어 오늘은 조국 분
단 반백 년! 북쪽 고향 하늘을 바라 옛님처럼 망향의
돌멩이를 쌓았다. 소슬바람은 분단의 한숨이요 푸른
강물은 분단의 눈물이요 그 한숨이 그 눈물이 불이 되
는 그날이여.

(1997. 7)

용문산 은행나무

천이백 년을 살았다 용문산 복된 은행나무
오늘도 싱싱 우람한 푸르름을 내뿜는다
지나치게 무르지도 단단하지도 않고
돌멩이도 알맞게 섞인 튼실한 토양 위에
너는 뿌리를 깊고 넓게 내렸다
열네 아름의 밑둥으로 꿋꿋이 버티고 서서
신라 고려 조선 그리고 오늘의 분단을
내려다보는 유구한 풍상의 역사
너울너울 하늘에서 춤추는
수백 줄기 푸른 몸매를
모진 눈바람에도 끄떡없이 떠받쳐 준
터전의 힘 뿌리의 힘
대한민국 뿌리를 엄숙히 생각해 본다

지난 오십년 간 잘못된 뿌리에서 줄기가 잘못 뻗어
나라살림 돈때 묻은 나라에만 의존했다
돈이라면 혈안이 돼 속이고 가로챈다
얼굴이 번드르르 내노라 떠드는 저 사람들은
애국자도 아니다 정치가도 아니다
걸도는 정치장사꾼일 따름
용문산 은행나무 삶을 배워

나라살림을 다시 짜
굳건한 뿌리를 내려야 하느니

(2000. 12. 24 분당 숯내가에서)

백호(白毫) 방광(放光)

― 석굴암

석굴암 본존 대불
우주 만상을 거느리고
반쯤 뜬 저 눈매
명상과 자비의 삼매경
금방이라도 말문을 열 것 같은
입술 숨결이 스치운다
나는 나를 잊고 바라본다
지구도 돎을 멈추고 바라본다

장중하면서도 인자해
부드러우면서도 침범할 수 없는 위엄
자비 평화 조화 생명력이 넘치는 아름다움
그 옛날 우리 조상들의 슬기로움이여

저 얼굴에는 용서와 화해가 있을 뿐
아귀다툼은 없다 장벽이 없다 민족 분열이 없다
구국통일 발원만이 충일한다

그날 밤 나는 신라 예술촌을 찾아 밤을 지샜다
돌을 밀가루반죽 다루듯 생명력을 불어넣어 준
위대한 석공들과 황홀한 대화를 나누노라

멀리 동해바다가 동튼다
감포 앞바다에 붉은 해가 돋자
석굴암 부처님 백호가 황홀해라
쫘악 빛을 쏴 신라 천년을
온 누리에 비춘다

(1997. 3)

마재에서 역사를 읽는다

한강, 역사의 발자취 굽이굽이
양주 마재(馬峴) 앞에선 크게 에돌아 흘렀다
여울물 안쪽은 꿈속 같이 훤한 황금 모래밭
그 옛날은 눈부셨지
마재에 덩실한 분묘 한 기
다산 정약용(1762~1836)과 부인 풍산 홍씨의 합장묘
백사장을 굽어 한강을 바라 풍상세월 백육십삼 년
조국산하를 지켜보았다

다산묘 옆에 서서
한강을 하염없이 내려다본다
근세사 거봉 다산과 현대사 투사 몽양을 떠올려
깊은 생각에 잠겼다
팔당댐으로 옛날의 백사장은 온데간데 없어
꿈틀꿈틀 물줄기만 넘실댄다
마재 바로 밑에는 다산 생가가
역사를 말하며 앉아 있었다

다산은 형조 병조의 참의 벼슬을 지냈고 황사영의
백서사건에 연루돼 강진에서 18년간 유배의 고초를
겪었다. 56세 때 목민심서 48권을 내는 등 5백여 권의

저술을 통해 실학을 대성한 근세 최고봉의 실학자 75세에 세상을 하직했다. 몽양 여운형(1886~1947)은 걸출한 반일 독립투사요 혁명가 수차 피검 투옥에도 뜻을 굽히지 않았다. 1944년 여름 저 마재 앞 한강 백사장에서 조동호 현우현 김진우 황운 이석구 등과 반일 독립 지하조직 '건국동맹'을 결성했다. 8·15해방 정국에서는 '건준'을 조직 임시독립정부 수립에 심혈을 기울이다가 반역의 흉탄에 순국했다. 향년 62세 우이동 태봉(胎峯)에 잠들다.

역사의 두 거인은
목청을 돋우어 쌍호령이시다
'내 나라가 갈라져 쉰네 해라,
헛살았구먼. 당장 하나가 되지 못할꼬!'

(1999. 2. 18)

3부

남과 북은 자주 만나자

남북 남녀

동강 어라연 거울물에 비춘 제 모습에 취한 손치재
에서 노루 쫓던 고구려 총각과 궁굴터골에서 나물 캐
던 신라 처녀를 떠올린다
　고구려 나르시스는 말했다
　"신라 아가씨! 아까 내 모습에 취한 게 부끄럽소. 당
신의 미모에 난 정말 뇌쇄 당했다오."
　"…저두요."
　들릴까 말까한 목소리 처녀는 총각의 억센 팔뚝에
몸을 맡겨야 했다.
　고구려와 신라의 地境은 이렇게 녹았다

　천삼백 년 후 나라는 다시 남북으로 나뉘었다
　남쪽 총각은 관광객으로
　북쪽 처녀는 안내원으로
　금강산 구룡연(九龍淵)에 마주 섰다
　못물에 비춘 남녀의 꿈같은 모습
　제 멋에 겨워 남쪽 나르시스는 말을 건넸다
　"안내원 아가씬, 그 미모에 왜 여지껏 결혼을 안 했
나요?"
　"남북이 통일된 담에 할라구요."
　"너무 늦지 않을까요?"

"늦구 이르구가 문젠기요? 조국의 통일이 문제라요."
"그럼, 그날까지 기다릴까요?"
"기다려 주신다면…."
처녀는 상긋이 웃었다
남북 남녀는 이렇게 분단 지경돌을 녹이고 있었다

(2000. 5. 18)

새싹들의 신기(神技)

—평양 학생 소년 예술단에

너희들은, 분명
삶의 핵심을 찌른 신기를 펼쳤다
이건 웬일이냐
너희 애비 에미 할배는 뿔나고 빨간 털이 났었다메
백두대간 꽃밭에 솟은 박달나무 조선소나무 자작나
무 숲에서
울려 퍼지는 꾀꼬리 울음소리
강아지 송아지 망아지 노루 토끼도 좋아라 뛰놀고
격양가 고동소리는 짱짱 퍼져
백두산 정기 고구려 기상에다
새천년 야무진 예술과 놀라운 속도를 더해 놓았구나
화살이 날은다
말발굽소리가 들린다
저 옷맵씨, 춤맵씨, 장구솜씨, 흥에 넘친 장새납 불기,
예술을 뱉는 입술
전신 민족혼이 불꽃 튀었다
너무도 황홀해 의젓해
어린것들이 겁도 없이 지구를 들었다 놓았다
통쾌하다
후련하다
저 밝음!

저 힘참!
저 아름다움!

(2000. 6. 4 분당 숯내가에서)

겨레가 하나 되는 길

—월드컵 4강 신화에 부쳐

내 땅 장하디 장한 아들들이
작은 축구공을 로체* 뫼봉에까지 차 올렸다

'붉은 악마' 들의 저 함성
산줄기를 흔들고 하늘을 찔렀다
막혔던 가슴들이 큰 강 봇물로 터져
칠백만이 광장으로 길거리로 쏟아져 나왔다
사천만 함성의 도가니 막을 국가보안법은 없었다
용솟음치는 붉은 물결 붉은 파도에
금석지감(今昔之感)에 막연자실(漠然自失)
빨강 붉음 붉으스름 적색
'너는 빨갱이다' 라는 말 한마디는
바로 사형선고였던 피눈물 시절이 있었지
레드 콤플렉스가 씻겨 내려간다
오래 살다 보니 이런 날도 보는구나
하나 된 저 함성 하나 된 저 기세
'필승 꼬레아' 에서 '필승 통일' 의 장엄한 큰길로
기필코, 이어져 내달아야 할지니
그땐 아, 웅대한 민족서사시가 쏟아져 나오리라

(2002. 7. 분당 숯내가에서)

---

*로체는 세계에서 네 번째로 높은 산봉우리로 8516m라고 한다.

반갑습니다 잘 오셨습니다

—2002년 민족통일대회 북측 민간대표를 환영하며

기다리고 기다리던 형제들이여
반갑습니다 잘 오셨습니다
기다려 백발이 된 머리를 숙여 인사를 올립니다
남산 소나무도 한라산 구상나무도 허리 굽혀 인사를
올립니다
한강도 낙동강도 감격에 겨워 소리쳐 인사합니다
바로 조긴데 모진 세월 너무 오래 기다렸습니다
달에서도 전화가 오는 세상에서
지구 밖처럼 엄청나게 적조했군요
속간장 터지게 기다려 쉰여덟 해
아 흑발은 백발이 되고 동안은 노안이 되었습니다
단군 할아버님도 뭇 선열도 꾸짖습니다
"데에끼! 인젠 잡은 손들일랑 놓질 말렷다!"

오늘 기어이 만났습니다 손을 굳게 잡았습니다
터놓고 얘기합시다 삼팔선에서 나날이 만나고
기차 타고 자동차 타고 오가며 만납시다
만나고 만나다 보면 하나 되는 그 날이 꼭 옵니다
칠천 만이 목 터져라 부르는 만세소리
백두산도 한라산도 우줄우줄 춤출 것입니다
한강도 대동강도 덩실덩실 물보라춤을 출 것입니다

자, 6·15 큰 말씀 그 날을 위해
오늘 잡은 손들을 놓지 맙시다
반갑습니다 잘 오셨습니다

(2002. 8. 15)

통일응원단

—2002년 아시아 경기대회에

북의 미녀응원단은 군계일학이었다
남쪽 미인은 섹시에 초점을 맞춘다
북쪽 미인은 타고 난 얼굴, 우리옷, 우리색깔,
자연스러운 표정, 동작, 행동, 재치 있는 말솜씨…
새로운 아름다움을 선보였다
환호 탄성 시선 집중 인기 폭발
손을 내밀어 악수해 사진 찍고 사인 받고
남북 응원석 물결 '조국' 하면 '통일'로 받았다
남북 한 목소리 분단 58년이 무너지는 소리
'통일응원'이라는 새 낱말도 생겼다
통일 새벽은 동터 온다

(2002. 10. 8 용인 진산마을에서)

그 이름 평양에 왔다
—평화와 통일을 위한 8·15 민족대회에 부쳐

여기는
세계 시선의 촛점
자주의 성곽
평양이다
남쪽 우리들은 험한 길 에돌아 왔거니
꿈만 같다
'평화와 통일을 위한 8·15 민족대회!'
감격에 겨워 어깨춤이 절로 난다

오호라! 잃어버린 59년!
겨레의 원성이 하늘에 닿았다
동안은 노안이 되었고
흑발은 백발이 되었다
모질은 가시밭길 긴긴 피세월
한숨은 만장봉 구름이 되었고
눈물은 한패수(漢浿水) 강물이 되었다
"덱끼, 고현 것들 같으니라구!"
우리 조상들의 품격 높은 꾸지람 호령이시다
우리들은, 오늘
역대 한국과 미국 집권자들을 향해
"덱끼, 고현 것들 같으니라구!"

목청 돋우어 내쏟다
아프가니스탄과 이라크 침공에서
미국이 보여준 것은
인성의 행위가 아닌 수성(獸性)의 짓거리였다
저들은
그릇된 여세를 몰아
북쪽 형제 자주정권을 목조여 죽일 양 광분했다
하건만, 북은 이렇게 건재하다
반쪽 작은 몸체가
세계의 최강 대미국과 맞서
자주, 통일, 정의의 기치를 높이 들고
힘차게 전진한다
만일, 미국이 북을 공격한다면
21세기 최대의 결전이 될 것이다
남북 7천 만은 일치단결 심신을 던져 싸울 것이다
동족상잔의 장이 되어서는 안 된다
전쟁광들은, 끝내
자본주의 전쟁벼랑에 추락하고야 말 것이다
헌데, 부시는 작금(昨今)
세계의 제왕처럼 빳빳했던 목대를
모로 젖히기 시작했다

북의 체제를 인정하고
6자회담 운운한다
남북 애국민중이 강력히 싸운 결과요
세계 반전 평화세력의 줄기찬 규탄 탓이 아니겠는가
백두산 박달나무와 한라산 구상나무를
쓸어 눕힐 힘은
지구상엔 없다
백두산 호랑이의 용맹성은 역사가 안다
분단 원흉은, 바로
미군주둔과 국가보안법이건만
남쪽 역대 대통령은
엽때 아무도 거론하지 않았다
너무나 늦었지만
이젠 거론해야 한다, 그래야
통일이 된다
한·미·일 공조가 아니라
남북 공조라야
통일이 된다

7천 만의 장한 통일의지를
세계는 주시하고 있다

자, 남북이 함께 철고리 손잡고
'대통일 만세!' 부르러
백두산에 오르자
한라산에 오르자

(2003. 8. 15)

4 부

미국시 편

광휘(光輝)의 거인(巨人)
—재미 柳基元 선생 주선으로 미국 포트랜드 주립대에서 강연

우리의 비원 통일을 가로막는 원한의 땅

미국 하늘 아래

대선각자 대애국자 대투사 광휘(光輝)의 거인 여운

형을

소리쳐 말했다

우여곡절을 거쳐

피의 현대사를 바로잡는 미국 첫 울림에

칠년대한 산천초목도 좋아라 춤췄다

철보자기에 짓눌린 목석도 움찟 입을 열드라

(2003. 2. 8 미국 포트랜드에서)

열풍과 조선소나무

'미친 영어' 열풍을 타고 오지 않았습니다
며느리 출산을 맞으러 비행기를 타고 왔습니다
미국 남단 미시시피 강 하구 뉴올리언즈
그 옛날 노예선이 줄을 이었다는 항구도시
그 날의 까만 얼굴 슬픈 눈빛을 봅니다
백년 전 돛배 갤릭호를 타고 하와이 사탕수수밭에 온
조상들의 눈빛도 봅니다
아열대 푸른 나무숲에 둘러싸인 아름다운 낯선 거리
아무데도 총흔은 없었습니다 삼팔선도 없습니다
외군도 국가보안법도 없어 좋군요
군데군데 솟은 덩실한 소나무들
창 밖에 보이는 정정한 조선소나무 한 그루
미친 돌개바람이 목숨도 앗아가는 판국에서
용케도 뿌리 내려 꼭 정팔품 그 모습을 닮았구나
나는 즐거운 환상에 빠집니다
정팔품 씨앗 두 톨이 태평양 상공을 휘날아
신대륙 대평원에 떨어집니다
아, 조선소나무 첫 탄생!
머리를 흔들어 환상을 지워도 상은 이어집니다
미국 천지 오만한 콧대를 꺾으며
'미친 한글' 열풍을 일으킵니다

손녀와 그 열풍을 타고 쪼개진
고요한 아침의 나라로 돌아옵니다

(2003. 1. 23 뉴올리언즈에서)

자유의 여신상

허드슨 강물은 도도했다
누가 감히 역류를 꾀할까

1860년대 링컨
2000년대 부시

비둘기떼 한 무리
여신상 꼭뒤에 찌를
싸갈기고 날아간다

(2002. 12. 30 뉴욕에서)

UN 본부 앞에서

인류의 평화와
푸른 꿈을 내다봤다
녹쓴 가장들 쑥덕쑥덕
좌장은 마침내 제왕을 탐내도
상기된 장강은 주저리주저리
거품 토하며
지구촌 도원경을 꿈꾼다

(2002. 12. 31 뉴욕에서)

쌍둥이 백십 층 잔해를 바라보며

삶의 회회 비비
오랜 족보장을 넘기며
다시 한번 경건히
깊은 사색에 잠겨 본다

(2002. 12. 31 뉴욕에서)

이국에 핀 들국화

정아 어데 있냐
너를 그때 청초한 들국화라 불렀지
동안은 노안이 되고 흑발은 백발이 되고
모진 세월 그리운 사연들 어찌 다
천편(千篇)에 엮으랴

지구를 반 바퀴 돌아 낮과 밤이
뒤바뀐 미국 남단 미시시피 강 하구
아름다운 수림 도시 뉴올리언즈
대평원과 대서양만 아득해
산천도 인정도 말도 모르고 친구도 없는
외로움 짙은 황혼길 나그네
큰길엔 자동차만 요란스레 오고 간다

아담한 주택가 길가 덩실하니
하늘을 찌를 듯 조선소나무 두 그루
그 밑둥 가까이 들국화 한 무더기
겨울을 비웃듯 하얀 꽃송이
얼굴을 비벼대며 환히 웃고 있잖나
나는 화들짝 걸음을 멈추고 허리를 굽혔다
꽃송이 열두 얼굴 너를 만난 듯 반가워

갈라진 조국 못 가본 고향 산천
지천으로 피던 들국화
이역 수만 리 오늘 이렇게 만나
내 서른 가슴을 만져 준다
저 꽃눈에서 네 눈동자를 읽는다

(2003. 1. 29 뉴올리언즈에서)

맨하탄 흑인의 접문(接吻)

인권문제가 끝나지 않는 이유에 대해서 질문하고 싶었지만 교수님은 단상을 내려갔습니다 아쉬웠습니다 2003년 1월 20일 킹 목사 20주기에 흑인 여대생 그린은 뉴욕 맨하탄 네거리에서 청색신호를 기다리다 흑인 애인 스티븐을 만났습니다 둘은 덥석 접문(接吻)을 시작했습니다 청색신호로 바뀐 줄도 모르고 뺨과 입술을 마구 비벼댔습니다 이 진한 신을 한국 시인이 보았습니다 '백인에 대한 한풀이일까?', '우리는 약자지만 이렇게 뜨겁게 산다는 과시일까?'

자본주의를 꽃피운 월가도 UN 본부도 보았습니다 두부모 잘리듯 잘려나간 백십 층 쌍둥이 빌딩 잔해도, 자유의 여신상도 보았습니다 브로드웨이를 걸으면서 역사의 참 길을 곰곰이 명상해 보았습니다 인간 파도에서 머리를 누렇게 물들인 흑인은 한 사람도 없더군요 한국 거리 젊은 물결을 떠올렸습니다 제 것을 지킬 줄 모르는 부박(浮薄)이 부끄러웠습니다 겨레의 밝은 앞날을 위해 새 당선자의 구상에 자꾸만 신경이 쓰였습니다 그린의 교수님 인권 강의도 궁금했구요 자본주의란, 필경 이윤을 챙겨 먹고 약자를 등쳐 먹고 인권 민족 인종 이권 그리고 섹스를 탐욕스레 먹고사는

공룡이 아닐까 생각했습니다

(2003. 1. 21 뉴올리언즈에서)

연어 사다리

콜럼비아 강은
미국 서북부 포틀랜드 동쪽에서 발원하여
태평양으로 흐르는 미국의 서부 젖줄
낙차 30미터 보네빌 발전소가 생기자
연어의 꿈길은 막혀버렸다
너비 3미터의 유리벽 통로를 만들고
안에 연어 사다리를 놓았다

알래스카 깊은 골 얼음물에서 수정하여
알을 밴 통통배 연어들이
5년 가까운 여정에도 지칠 줄 모르고
사다리 한 칸 한 칸을 뛰어 올라
상류 보금자리로 올라간다
필사의 몸부림
아침 햇살을 받은 저 유리벽 속 사투의 현장
살아남아 후대를 이으려는 처절한 장관이여
인간의 지혜와 연어의 생존 의욕은 멀지 않아
인간족에게 잡히어 찬상에 오르던가 아니면
산란의 보금자리에 이르러 알을 낳자
에미는 죽고 꺼풀은 새끼의 먹이가 되는 슬픈 운명
이건만

저 본능적 싸움의 장엄함이여
아! 삶이란 저런 건가

(2003. 2. 11 뉴올리언즈에서)

잔디

분묘에 떼를 입히는 걸 볼 때마다
저렇게 떼를 마구 뜯어내면
잔디밭이 씨가 마를 텐데, 걱정이 앞서
잔디 육성은 생각도 못하던 내가
이곳 미국에서 들풀 잔디도 국력임을 알았다
공터든 자투리땅이든 모조리 잔디를 심은 나라
전 국토가 온통 푸른 잔디옷을 입은 나라, 미국에서
그들은 잔디를 기르고 그 씨를 받아
전 세계에 수출해 부를 축적했다
지난 날 소련정권이 하찮은 잔디라도 육성해
이윤을 추구했더라면…

(2003. 2. 9 뉴올리언즈에서)

후드 산

록키 산맥 서쪽 캐스케이드 산맥에는
백두산보다 높은 봉우리가 몇 개 있다
후드(Hood) 산은 서편의 주봉
전신에 만년설을 걸치고
아득히 하늘을 받들어 우뚝 솟아
태평양 물결에 웅자를 드리운다
샌디아고—시애틀 5번 국도 구간에서 너 후드는
먼 하늘 끝 가물가물 구름과 숨바꼭질하며
내 가슴을 설레이게 했다
너는 영원한 순결 꿈을 불러주는 만인의 애인
탄성어린 시선으로 나는 넋이 나갔다
마음 속 영원한 애인이 떠올라
머리를 흔들어 구정물 세상을 지우고
순백의 너를 생각했다
창아! 넌 지금 갈라진 조국땅 어디쯤에서
호올로 짙은 황혼을 걷느냐
마지막 해가 지기 전에
꼭 한번 만나보자꾸나

(2003. 2. 9 미국 서북부 유진에서)

4768살의 수상수훈(樹上垂訓)

　캘리포니아와 네바다 접경에 위치한 2600미터 화이트 산에 시선을 던지면 무려 4768년을 산 적송의 일종인 메두셀라(methuselar)*가 시공을 초월해 하늘과 땅 사이에서 큰 숨을 쉬고 있다 하도 장엄하고 경외로워 감히 접근이 두려웁구나 백두산 천지 아래 쪼개진 고요한 아침의 나라 시인은 귀를 기울였다

　베링을 가로질러 내려온 인디언 조상들의 젯상을 받던 이야기 뒷날 그들이 백인에게 쫓기던 비참한 이야기 몸을 비벼대며 쌍호랑이가 포효했고 구렁이와 독사에게 칭칭 감기던 이야기 천지개벽의 천둥번개와 폭풍소리를 듣던 이야기 두런두런 말씀꽃은 끝이 없는데 오늘의 지구촌에 대해 물어보았다

　'전 역사의 꿈과 싸움질을 샅샅이 보았느니, 피부 색깔 인종에 관계없이 과욕을 버리고 화목하고 사랑할진저'

　'생트집으로 약자를 목조여 죽인 자는 고금에 준엄한 역사의 심판을 받았고, 정의의 힘은 언제나 사악의 힘을 물리치고 이겼음이여'

'억눌린 자는 풀어주고 가난한 자는 도와주어 빈부
의 격차를 없앨진저'

'갈린 자는 합치고 헤어진 자는 만날진저'

'세계사는 과정의 진통일 뿐 아직 정립되지 않았느
니, 정립의 책임은 오로지 인류 각자의 두 어깨에 달
렸음이라'

'싸움도 죽임도 없는 사철 꽃피는 에덴동산과 도원
경을 이룩할진저'

(2003. 2. 13 뉴올리언즈에서)

*956세까지 장수했다는 노아의 홍수 이전의 족장의 이름

노근리

—꽃을 아름답다고 말할 자격이 없는 사람들에게

지난 50년간 누가, 왜,
진실의 입을 틀어막았는가

6·25전쟁이 터지자 1950년 7월 25일 영동읍 임계
리 주곡리 노근리 주민들은 산속 금전굴에 숨었다 패
주하던 미군은 '안전한 곳으로 인도해줄 테니 나오라'
며 7백여 피난민 행렬을 노근리 철길로 유도했다 행
렬이 막 철길에 올라서자 갑자기 비행기에서 폭탄이
비 오듯 떨어졌다 기총 소사도 빗발쳤다 철길은 삽시
간에 아수라장 죽음의 피바다 수백의 시체가 나뒹굴
었다 미군은 살아남은 사람들은 철로 밑 쌍굴다리가
안전하니 들어가라 했다 저물녘 모두들 살자고 꾸역
꾸역 들어박히니 미군이 서치라이트를 비추더니 굴
양쪽에 기관포를 쏘아댔다 죽음의 아우성은 또 다시
천지를 찢었다 굴속은 비명과 피범벅으로 고아댔다
시체가 쌓이고 쌓였다 눈알이 빠져 대롱거렸고 갓난
아기는 죽은 엄마의 젖을 빨았고 목이 말라 핏물을 마
셨다 살아 보려고 시체더미로 방패를 쌓았다

1999년 10월 AP통신은 학살 가담자들의 생생한
증언을 보도했다 노근리 학살은, 드디어 55년의 긴 침

묵을 깨고 물 위로 떠올랐다 남북 삼천리 미군이 간
곳마다 노근리는 있었건만 국가보안법은 입마다 자갈
을 물렸다 사람들은 벌벌 떨 뿐 조국 분단 반백 년 임
리한 피바다의 절규 남부 조국 천오백 리는 외래 자본
주의의 사냥터로 변했다 민중은 발가벗기운 채 살아
남으려고 마지막 피 한 방울까지 말린다 방관과 서정
으로는 안 돼 어서들 지금 당장 미군은 모셔 보내야
한다 국가보안법은 동댕이쳐야 한다

(1999. 11. 17 분당 탄천가에서)

금창리

덩치 큰 미국은
쬐끄만 북의 장독대의 위치, 독의 개수에까지
신경을 곤두세우는 판국
이름 없는 땅구멍 하나가
핵 유령으로 둔갑
미국을 발칵 뒤집어놓았다
한국 언론도 덩달아 철없이 핏대를 올렸다
'보여 줘'
'안 돼, 주권 침해다'
수백 번을 맴돌았다
입씨름
외교전
관심의 값을 잔뜩 부풀려 놓고는 마지못한 척
'그럼, 보여줄게 대가를 내'
꼼짝 못하고 엄청난 대가를 치렀다
어마어마한 기대와 장비가 금창리로 다가갔다
전 세계가 숨을 죽이고 손에 땀을 쥐고 주시했다
드디어 뚜껑에 손을 댔다
흥부가 탄 박일까
놀부가 탄 박일까
긴장 기대 흥분

엥차, 뚜껑을 제꼈다
어랍쇼, 텅 빈 구멍!
대 미국은
허탈했다
맥이 빠졌다
체면이 구겨졌다

(1999. 8. 26)

매향리(梅香里)

그 이름 매향리에
매화 향기가 없다
이런…? 사람이 살 수가 있나
밤낮 없는 폭격질 대포질
생사람이 죽어가고 병신됐건만
울 수도 하소연할 곳도 없어
빨갱이라 잡아갔으니까
쉬, 쉬, 야밤 혼자만 운 피세월
농섬은 허구한 날 폭탄 난타를 맞아
아름답던 옛 모습은 간데온데 없다
흉한 해골만 앙상해
황금어장도 사라졌다
논밭도 바다도 잃었다
사나운 폭격소리에 임신부가 낙태해도
고압선에 팔다리가 잘려도
멀쩡한 사람이 미쳐버려도
입만 벙긋해 봐
불평분자라 옭아갔다
죽기 아니면 살기라
주민들은
‘폭격장 철폐 대책위’를 만들었다

"

'폭격장을 폐쇄하라!'
'미군은 떠나가라!'
뽑힌 매화를 되찾고자
뜻 있는 사람들은 폭격장 둘레에 매화나무를 심었다
이따위 전쟁연습장이·
전국에 94군데 팔천만 평
경기도만 52군데 육천만 평
저 불청객들은
대한민국 안방 깊숙이 한 갑자(甲子) 긴긴 세월 쳐
들어 박혀 올봉댕이 틀고
고자세 턱지거리로 일관
양심도 예의도 염치도 없다
여중생 효순이와 미선이를 장갑차로 깔아 뭉개 죽이
고도
노비문서 '소파' 만 들이댄다
우리는 동방예의지국 아침의 나라
홍익인간을 가르쳐 준 단군의 후손
소문난 문화민족이다
백두산 신단수 박달나무와 한라산 정기 구상나무는
오늘도 저렇듯 푸르르잖나
칠천만이 소리쳐 힘을 합치면

미사일 숲도 발발 떤다
겨레와 역사의 푸르름은
강력해 무궁해
매향리 매화는 기어코 되찾을지니

(2002. 9. 1 분당 숯내가에서)

누가 악의 축인가

2002년 맹춘은 험악했다
하늘 땅 바다에서 융단폭격으로
합법정부 아프간을 쓸어버린 부시가
북한 이란 이라크를 '악의 축'으로 지칭
핵과 미사일과 재래무기와 화생무기를
당장 포기하고 내 앞에 엎드리라,
거듭 협박했다 핵을 팔천육백 개나 가진 대 미국이
핵 한 개도 없는 작은 반쪽 나라에 대해
이럴 수가 있나
약육강식에 홀려빠진 미치광이가 아니고서야
북한이 설사 핵 연구나 실험을 시도했다 치자
그건 어디까지나 방어용이지 공격용은 아니잖는가
동방예의지국 안방을 반백 년 넘게 차지하고도
털끝만치도 나갈 염을 하지 않는 미국이야말로
세계 제일의 파렴치국이다
우리는 어찌해야 하나
우리 대한민국은 단군의 홍익인간 자주정신을 되살려
남북공조로 미국의 망욕(妄慾)을 꺾어야 할지니
한 핏줄 단군 후손으로 함께 살아남는
민족의 길이요 역사의 길이요

(2002. 2. 3 분당 숯내가에서)

그 아비에 그 아들의 나라

하늘을 찔렀다 뉴욕 세계무역센터 백십 층 쌍둥이
호화 빌딩이 눈 깜짝할 새 자살테러 비행기탄 공격을
받아 두부모 비어지듯 싹둑 허리가 잘리며 와직끈 주
저앉았다 화염과 먹구름, 공포영화가 아니었다 같은
시각 미국 힘의 심장부 펜타곤도 날벼락탄 된 매를 맞
고 힘없이 너부러졌다 대낮 생지옥 아우성 지축이 흔
들렸다 전 미국이 발칵 뒤집혔다 전 세계가 와글와글
들끓었다 노기 분기가 머리끝까지 치민 아들 대통령
은 아비의 자문을 받아 테러전쟁에 온 나라를 들어 선
전포고를 내렸다 라덴을 테러 주모자로 지목 그가 숨
어 있다는 아프카니스탄을 겨냥해 육·해·공군에 출
격준비를 명령했다 내 편이냐 테러 편이냐 내 편에 서
지 않으면 지구덩이를 쪼개겠다 힘으로 인류의 운명
을 결정짓겠다 양자택일하라고 힘싱곳게 빌인했다

아비는 십 년 전 중동 한 작은 나라가 제 말을 듣지
않는다고 하늘 바다에서 연일연시 폭탄을 쏟아붓고
미사일을 소낙비로 쏘아대 숱한 인명을 앗아갔고 온
갖 창조물을 짓부숴버렸다

십년 후, 오늘 아들 대통령은 테러를 뿌리 뽑겠다고

이를 악물고 팔을 걷어붙였다 아비도 아들도 세계의
제왕으로 군림 작은 나라들을 좌지우지 주무른다 정
의와 진리엔 눈을 감고 힘에만 의존한다 그 아비에 그
아들의 나라가 동방예의지국의 남쪽 안방 깊숙이 올
봉댕이 틀고 들어앉은 지 오호라 반백 년이 넘어 분단
의 피목청은 하늘에 닿건만 아랑곳없다 되레, 북쪽 형
제를 목조여 죽일 량 안간힘만 쓴다 동녘 아침의 나라
에는 백두산 호랑이가 산다 아비와 아들의 나라는 왜
테러의 표적이 되는가? 왜 근역 분단은 끝나지 않는
가? 그 나라는 역사의 수레바퀴를 거꾸로만 민다 세계
는 지금, 아슬아슬 내일을 예측 못한다 다만, 정의와
진리가 선량한 국민의 편임을 확신하고 순간순간을
지켜본다 신이여! 저 제왕 부자에게 깊은 반성의 기회
를 주는 자비를 베풀어주시옵소서!

(2001. 9. 26 분당 숯내가에서)

5_부

가시밭 약진(略傳)

내 고향이 아니었습니다

—뇌옥 22년 고성화(77)

20년 갇혔던 사람답지 않은 환한 얼굴
고성화는 환영대회에서 말했다

"…옥중 동지들은 웃으면서 죽어갔습니다. 역사의
승리를 믿었기 때문이죠…"

"제주도가 고향이죠? 고향을 다시 본 소감은요?"
"한마디로 내 고향이 아니었습니다."

"제주도 투쟁사를 요약한다면?"
"20년대 한학자 강창보 선생의 사회주의 독립투쟁
을 시발로 30년대 김명식 김문준 선생의 야체이카 운
동, 8·15 해방 후 인민위원회 창설로 이어졌죠. 1947
년 3·1절 투쟁, 1948년의 4·3투쟁을 절정으로 제주
도를 온통 피바다로 물들였건만… 제주도 4·3투쟁을
박살낸 서북청년단의 만행에 대해 같은 서북인으로서
진심으로 사과를 드립니다." 함석헌 선생의 말이 생각
났다

부산시당을 이끌다가 1949년에 피검 2년 옥고
1973년 진해에서 다시 통일운동을 펴다가 그만

늠름하고 낙천적인 저 모습
'직업적 혁명가란 저런 사람이 아닐까?'

(1993. 3)

금강석 알갱이

—옥살이 24년 전창기(76)

　그의 아버지는 천안 직산(稷山)의 미국인 소유의 사
금광 채금선(採金船) 운전수 슬하에 11남매를 두었다
3남 전창기는 월사금 40전, 3개월분을 못내 사립학교
졸업장을 못 탔다 자동차 조수, 막노동을 거쳐 채금선
을 운전 태평양전쟁 막판 폐광 바람에 송림 황해제철
소 선로공으로 옮겼다 만주의 비료용 콩깨묵을 먹고
무더기로 설사하는 식량난 해방되던 해 10월 16일 평
양시민 군중대회에서 김일성 장군을 처음 보았다 내
무서원, 대동군당 노동부 부책 6·25전쟁 후퇴 시는
압록강 수풍댐 굴 속에서 24공장 당책 전선에 병기를
차질없이 공급하여 금강석 알갱이라는 별칭을 받았다
1951년 초 미군기 2백여 대가 수풍발전소를 맹폭할
때 전창기는 바라만 볼 뿐 발을 굴렀다 1955년 7월
20일 남하 천안에서 조국통일에 헌신, 잡혔다

　검사 : 피고는 왜 간첩활동을 했는가?
　전 : 간첩이라뇨? 조국의 통일을 위한 성스러운 애
국활동이죠
　검사 : 우리 대한민국이 자유로운 참 살기 좋은 나
라인데…
　전 : 대한민국 사회제도로는 평등사회가 안돼요. 미

국에 예속된 불평등사회가 아닌가요?
  검사 : 이북 사회를 어떻게 생각하나?
  전 : 주체사상에 의한 사회주의 승리를 확신하는 나라
  검사 : 꽉 막혔군

  1965년 유황불 징역 살고 출옥했다
  1975년 사회안전법으로 다시 갇혀
  1989년 7월 동법 폐지로 풀려났다
  현재 막노동으로 살고 있다

(1993. 8)

체험은 말한다

—옥중 26년 윤희보(75)

1926년 6월 10일 그가 보통학교 2학년 때다 반 아이들은 베행건을 치고 베띠를 머리에 두르고 삼전도 (三田渡) 치욕이 서린 남한산성에 올라갔다 경성 쪽이 아스름히 보였다 담임 선생은 침통한 얼굴로 입을 열었다 "애들아, 오늘은 우리 조선 마지막 황제께서 돌아가신 인산 날이다. 슬프고 엄숙한 마음으로 조상하는 뜻을 올려야 한다." 아이들은 선생님을 따라 경성을 향해 머리를 숙이고 눈을 감았다 이날 그는 어린 마음에도 나라 잃은 슬픔을 뼈저리게 느꼈다

그 후 어느 날 신문에서 김일성 부대가 압록강가 보천보 주재소를 들이쳤다는 기사를 보았다. 야! 이거다. 용감한 조선 사람도 있구나 어린 가슴은 뛰었다 가난의 슬픔을 씹으며 막노동과 점원을 전전하며 노동으로 잔뼈가 굵었다 안국동 어느 병원에서던가 독립투사 한계창 조동호 서중석 선생의 눈에 잡혔다

1944년 봄 일경의 감시망을 뚫고 지하 레포를 멀리 청진 기계제작소 동지에게 건넸다 그는 감옥을 들락날락 1970년대 잠시 과객처럼 밝은 세상에 풀려났을 때 빨치산 출신 김선애를 만나 기적같이 딸 경희를 얻

었다 경희가 다섯 살 나던 봄 앙앙 발을 구르는 딸애
를 길가에 버려둔 채 부부는 옭혀서 어디론가 끌려갔
다 운명의 악신은 가혹했으나 경희는 지금 대학교 졸
업반이다 경희 어머니의 짠 고생담을 어찌 필설로 다
하랴

(1991. 4)

통찰의 더듬이

— 32년 옥살이 박봉현(75)을 찾아

철창 속 0.75평 암흑방 가시방석 32년에도 어쩌면 저리 고운 홍안에 빛나는 눈을 지녔을까 일흔 다섯 나이를 뺨치는 단단한 구슬 몸매 해방 전 일본 동경에서 신문 배달을 하며 사회주의에 경도 독립과 통일의 가시밭길을 헤쳐왔다

"고된 갇힘에서 남기고 싶은 이야깃거리라도…?"

"한번은 소지(청소자)가 넣어 준 신문을 읽다가 들켰어. 혹독한 취조에도 끝내 안 불었지. 수정 차고 2개월간 징벌방에서 똥통을 베고 자는데 그만 코피가 줄줄 흐르는 기라. 고문에 망가진 몸에 단식 때면 번번이 강제급식당해 탈장하고 코 안 정맥이 노출돼 터졌다는 거여요. 동지들이 박 선생이 죽는다고 야단들이지. 의무과에서는 전향서와 치료를 맞바꾸자는 거요. 죽으면 죽었지 더러운 짓은 못한다고 단식하고 뻗었죠. … 끝내 마지못해 치료해 주더군."

"북쪽 소위 독재에 대해 한마디…?"

"한 사람이 오래 집권하는 측면 말고 그쪽 제도 자체가 독재냐 아니냐를 판별해 봐야죠."

"이른바 부자세습에 대해서…?"

"부자 관계를 떠나 개인의 통치능력 차원에서 논해

야지요."

햇봄 무공해 샘물이 조용히 흘렀다
통찰의 더듬이는 나라 안팎을 환히 꿰뚫어

(1993. 10)

정림아 어데 있느냐

—혼자 갇히기 41년 6개월 이종환(72) 그의 수기를 읽고

시를 쓴다고?
집어쳐!
그 자체가 위대한 시인데
무슨 사족이냐
그 광염의 눈빛을 본다
그 용광로 가슴을 읽는다
살기(殺氣)로 미쳐버린 한 많은 세월
유황불 가시방석 얼음방석 0.75평 옥살이
41년하고도 여섯 달!
혀가 오그라들어 가슴이 꽉 막혀
비단 거북일지라도 진작 죽었을 끔찍한 삶
자, 견뎌낼 자 몇일까 어디 한번 나서 보라
'만델라 27년'은 호텔살이
통일전사는 끝끝내 이겨냈다
사람잡이 전향테러를 병마를
멸시 학대 조롱 협박 악식 아픔을
고독과 그리움을
투사는 말한다

"혁명가는 혈연을 끊는다고 말하지만, 누구보다도
가족 고향 조국을 사랑합니다. 가족과 고향을 잊는다

면 조국을 사랑한다고 볼 수 없겠지요."

내 딸 정림아! 어데 있느냐. 봉숭아 물들인 네 손을 만져보고 싶구나. 옥분아!(누이동생) 너도 이젠 얼굴에 주름이 잡혔겠지. 네 나풀대던 뒷머리채가 지금도 눈에 선하다

(1993. 3)

병마를 이기는 힘
—옥고 33년 왕영안(69)

결핵 신낭종 위암 2기에도
병색티라곤 안 나는 환한 얼굴
말소리도 맑고 거침이 없었다
왔다 갔다 분주한 거동
노 청년인 그는 주차장 문지기
신새벽부터 밤늦게까지 쉴 새 없어
문지기도 천직으로 산다

1943년 일본행
오까야마(岡山) 비행기공장에서 일하고
밤에는 기계전문학교에서 공부하다
해방 후 귀국했다
남로당에서 뜨겁고 험한 나날 중
6·25 때 입북 1958년 처와 삼남매를 두고
평화통일 일꾼으로 남하 간첩죄로 33년 간 갇혔다
유황불 고통 넘기기 그 몇 번
결핵 신낭종 위암으로 사경을 헤매다가
1991년 5월 24일 바깥세상으로 나왔다

그의 고향은 경기도 연천군 백학면 아미리
임진강가 진달래 피고 지는 아름다운 산등성이에는

고려 태조왕건과 충신 정몽주를 모신 숭의전(崇義
殿)이
천년 역사를 말해 주었다
그는 왕건의 34대손 한낱 노동자로
세기의 격랑을 헤쳐왔다
오늘 나라 안팎도 손금 보듯 꿰뚫는다

필자 : 이 순간 최대 관심사는?
왕 : 통일 외에 뭐가 있겠소
필자 : 병을 이겨내는 힘의 원천은 어디서?
왕 : 낙천적 신념이죠

(1994. 10)

인간에 대해 생각해 보라

—옥고 28년 윤기남(69)

그는 윤선도 11대손 해남 빈농의 아들
일제 투사 윤재구의 가르침 따라
해방되던 해 12월 공청에 가입했다
기본 출신 당 일꾼으로 지하와 지리산에서
죽음을 넘고 넘어 다섯 번 잡혀 28년 옥살이
1989년 청주 보안감호소에서 풀려났다
온화한 성격 소탈 순박한 서민형
국졸이지만 감옥에서 배워 세상을 꿴다
1948년 여수 14연대 봉기 때는
순천군당 조직지도원이었다
당의 노선에서는 '좌경 과오를 범했다' 고 회고했다
매질 고문질에 몸은 결판났어도 정신력으로 버텼다

필자 : "혁명가의 자질이랄까…"
윤 : "순결성. 투철성, 실천력이죠. 순결성은 혁명가
의 생명입니다. 일제 시기 비전향은 고작 27명뿐이었
으니께."
필자 : "오늘의 젊은이들에게 주고 싶은 말이라도?"
윤: "이념 이전에 인간에 대해 깊이 생각해 보라고
일러주군 하지요."

(1993. 10. 1 독립문 옆에서)

저버리는 천륜(天倫)

—옥중 37년이내선(69)

사회안전법 폐지에 따라 1989년 8월 이내선은 37년 간의 긴 옥살이에서 풀려났건만 아내도, 아들도, 동생도 악세와 한통속이 되어 남편을, 아버지를, 형님을 받아들이지 않았다 억장이 터졌다 피눈물이 쏟아졌다 이런 망할 놈의 세상 천륜도 버리다니 하지만, 전향서를 안 쓴 빨갱이를 받아주면 앞날이 평탄치 않다는 협박에 굴복한 탓이겠지

청주 교외 보호갱생원에 맡겨진 지 1개월 이내선의 뇌혈관은, 드디어 터지고 말았다 눈을 떠보니 새하얀 병원 침대 기적 같은 소생, 주마등을 스치는 지난날

내선이네는 대대로 빈농 집안 아버지는 내리 머슴만 살았다 지긋지긋한 머슴살이에서 벗어나려고 꿈에도 그리던 소작농이란 걸 시작해 봤는데 웬걸 빚만 옴싹지고 말았다 일곱 살 난 내선이를 남의 집에 맡기고 부모님은 어린 동생 업고 안고 야반도주해야만 했다 우등으로 보통학교를 졸업한 내선이는 자습으로 교원 시험에 합격 선생이 되었다 8·15 해방 후 남로당에 가입 민중해방 민족통일에 투신했건만 그를 맞은 것은 37년 간의 지옥살이뿐 지조와 신념의 노 투사는 오

늘도 노쇠와 병마와 악세에 맞서 불굴의 투지를 불태
우고 있다

(1991. 3)

빼앗긴 젊음
—35년 6개월 갇힌 송상준(68)

환희의 벼락 '조선이 해방됐다!' 송상준네 아홉 식구는 고생땅 일본 대판을 등지고 귀국선에 올랐다 상준은 열아홉 미소년 아버지 어머니는 감격의 눈물을 흘렸다 고향 산청군 금서면을 떠돌며 품삯일 막노동 산판일로 입에 풀칠해도 면 일은 인민위원회로 착착 잘 되어갔지만 미군 지프차가 들이닥치자 右는 살판났다 세상은 左다 右다 죽기 살기 싸움판 멀쩡한 청년들이 공산당으로 몰려 잡혀가고 죽고 술 취한 경찰관은 권씨 아저씨를 무릎을 꿇리고 호통쳤다

"아들놈 어데 갔노? 이것들은 패야 분단 말이야. 패야 술 받아오고 돼지고기 나오고 돈이 나오고. 법이 어딨노? 쥐에뿐지면 그만이제. 바른 대로 불지 못할랑가?"

토벌대는 입산자 부인의 거기를 대로 쑤셨다 입산자 누이동생을 쥐어박고 겁탈했다 입산자 가족 9명을 쏴 죽이고 산마을을 불지르고 벌벌 떨며 토벌대에게 쌀과 고기를 대주어야 했다 전쟁이 나고 인민군이 후퇴하자 그는 지리산으로 들어갔다 지서 공격 매복전 강행군 진지 방어전 쫓기기 기습전의 나날 그는 죽음을 넘다넘다 1954년 4월 1일 잡혔다 20년 옥살이 동안

부모님은 모두 세상을 뜨고 만기일에 비전향자라 청
주보안감호소로 직행 15년을 죄없이 덤으로 갇혔다가
풀려났다

아, 빼앗긴, 찢기운, 젊음
예순 여덟 송씨 할아버지는 오늘도
허공에 대고 주먹질 해본다

(1994. 3)

마지막 각오

—옥중 30년 김광길

작으나 단단히 짜여진 체구 머리와 얼굴과 눈빛에서
총기와 야무짐이 찰찰 넘치는 그는 해방 전후 우편국
배달부요 수금원 도내 지리는 한눈에 빠삭 꿰었다 부
모도 두 여동생도 전남방직 노동자 해방이 되자 반일
독립투사들은 그를 사랑하고 가르쳤다 레포 전달이다
회의다 쉴 새 없이 뛰었다 삼당 합당 무렵 분파에 헛
눈 팔지 않고 남로당 정통을 틀어쥐었다 입산해서는
면당, 군당, 민청, 군연대 일꾼으로 마을과 산 사이를
주름잡다 1952년 12월 민간트에서 잡혔다

1955년 2월 15일 대전형무소 수감시 처우개선과 전
향반대 투쟁을 벌여 죽도록 매 맞고 실신 뒷수정 차고
징벌방 신세 담요도 이불도 없었다 면회도 차입도 불
허 내의도 안 받아 줬다 가마니 깔고 수의바람으로 개
잠을 자야 했다 이때 결핵을 얻었으나 죽음을 각오했
다 변절은 인간 퇴물, 당적 입장에 튼튼히 서야 한다
그는 이를 악물었다 1988년 12월 사회안전법 폐지로
30년 만에 풀려났건만 부끄러움이 앞섰다 수많은 동
지들이 죽었는데 나만 살아남다니

수감 중 아버지도, 어머니도, 아내도 세상을 떴다

눈물도 한숨도 애절도 험악한 세상이 삼켰다
그는 지금 고향 당질 집에서 땔나무를 해 오고
채소를 가꾸고 생명모를 꽂으며
사람답게 사는 참세상에 목을 태운다

(1991. 3. 4 독립문 옆에서)

회갑총각 출옥기

—옥중 37년 이경구(60)

1

눈은 진작 떠졌다 체온으로 데워진 잠자리 속이 식을까 봐 함부로 뒤척이지 말아야 했다 천정과 철창 틈새는 새하얀 성에가 좍악 끼어 있었다 온 몸이 오싹 으스스했다 뚜벅, 뚜벅, 간수의 발자국 소리 0.7평 독감방 옥살이 근 40년 전향 테러의 지옥 고통 죽을 고비를 이겨내기 몇 번 그는 스스로도 몸서리쳤다 아, 무서운 세월이었구나

2

국토 허리를 서남으로 가로질러 내닫던 차령산맥이 마지막 용힘을 뽑아 올려 우뚝 중산과 됭열산을 솟구치고 공주벌을 펼쳐 놨다 두 산 사이에 자리한 오붓한 중산마을 초가집 십여 채가 옹기종기 곰나루 낙화암의 전설을 도란거리며 오순도순 살아왔다 발바닥이 간지러운 반들반들한 납작돌이 깔린 개울가를 따라 내려가면 하얀 얼굴을 희번득이는 금강이 언제나 시원스레 가슴을 트여 줬다 그는 중산마을 빈농 이문규

(李文珪)씨와 율정(栗亭)댁 사이에서 둘째 아들로 태어났다 어릴 적부터 효심이 두텁고 얌전하고 재주 있는 아이로 소문이 자자했다 농민 아버지는 뼈대 있는 양반 후예지만 모진 세월에 떠밀려 빈농으로 영락했다 율정댁도 일찍이 양가의 규수로 예의범절과 법도와 교양을 몸에 익혔고 시집 와서는 가난 속에서도 아들딸을 남 못지않게 키우노라 온 정성을 쏟았다 두 분의 자식 사랑은 은근하고 끈끈했다

3

그는 6·25전쟁에 몸을 던졌건만, 이내 인민군 후퇴 후일을 기약하며 눈물을 머금고 북행 강계에서 압록강을 건너 만주 땅까지 밀려갔다가 다시 남하 1952년 11월에 피체 사형에서 무기, 무기에서 20년에 가형 15년, 30수년 간 독방에 갇혀 있는 이른바 '비전향 사상범'이다

그는 멀뚱멀뚱 눈을 감았다 떴다 부모님의 연세를 헤아려 봤다 아버님은 아흔 다섯 어머님은 아흔 여섯

두 분이 돌아가셨으리라고 생각한 적은 한번도 없었
다 만기 출소로 부모님을 만나 뵙겠다는 실낱 같은 희
망이, 아니 철덩이 같은 간절한 바램이 나를 오늘날까
지 이끌어오지 않았던가 아버님 어머님 조금만 더 기
다려 주세요. 꼭이요 꼭… 아침 덩이밥을 먹고 나서다
교회사가 친절을 베푸는 듯 전해주는 아, 바람결 소식
—어머니는 이미 1984년에 92세로 세상을 뜨셨고 아
버지는 그보다 전에 진작 타계하셨다고

　그는 오간장이 자글자글 찢겨졌다 눈에서는 뜨거운
눈물이 핑 돌았다 그러나, 순간 남에게 눈물을 보여서
는 안 되지 사내대장부 혁명투사가 울다니, 그 어려운
시기에도 부모님은 눈물을 비치지 않으셨다 그는, 새
삼 마음을 독하게 먹어야겠다고 다짐했다 그러나, 전
신에서 힘이 쭉 빠졌다 실낱 같던 그 희망이 기어이
깨지다니 하지만, 정신을 가다듬어야 했다 끌날 같고
삼대 같은 젊은이가 얼마나 많이 죽어갔던가 그는 눈
을 지그시 감고 또 오늘 하루의 명상의 세계로 들어갔
다 가슴에서는 철철 눈물이 흘렀다

　—본시 약체이시던 아버님 어머님께서 밝은 태양

아래에서 꼭 이 아들을 다시 만나보시겠다는 일념으로 그 고령까지 용케도 잘 견디고 버티신 것은 순전히 정신력 때문이시다. 아버님 어머님은 그 고귀한 정신력을 저에게 물려주셨습니다 고맙습니다 대견하십니다 옥중에서 불효자는 늦게나마 명복을 빌어 마지 않습니다.

4

1989년 6월 그는 긴 옥살이 끝에 사회안전법 폐지로 출소했다 37년 만에 고향을 찾았다 고향은 눈물이었다 부모님 산소에 엎드려 불효를 사죄하고 통일투쟁을 맹세했다 1991년 봄 그는 회갑을 맞았다 허나, 그에게는 회갑절을 올릴 아들딸이 있을 리 없다 회갑 총각은 조국의 푸른 하늘을 우러러 정겨운 조국산하와 어깨 걸고 겨레의 숨소리에 발맞추어 또박또박 회갑 청춘을 걸어간다

(1991. 2)

개밥 개잠

—옥살이 33년 7개월 김국홍(68)

그는 1950년 8월 정치공작원으로 남하 전남 장흥에
서 활약 9·28후 장흥 유치지구에서 빨치산 싸움을
전개하다 1951년 12월 13일 잡혔다 정원 5명 감방에
20여 명을 수감하는 생지옥 앉아서 웅크리고 자야 했
다 날아드는 5등 밥덩이 떨어진 밥알을 주워 먹고 고
무신으로 해파리 소금국을 받았다 진종일 먹는 이야
기로 허기를 달래고 긁적긁적 이는 득실거리고 휴지
1/4조각으로 밑을 닦았다 사람 아닌 짐승살이에 그는
대들었다 "사람으로 대접하라!"

이 빨갱이놈 죽어 봐라 손에는 수갑 팔은 포승으로
묶고 머리 위로 우직끈 제껴 캄캄한 징벌방에 처넣는
다 숨이 막히고 전신이 마비되고 진땀이 빠직빠직 전
신이 가물가물했다 소리를 질렀건만 들리지 않아 문
지방을 냅다 찼다 몇 분 훑까 풀어준다 야! 살았구나!
일본 놈들도 30초면 풀어줬다는 야만적 징벌 그는 세
차례 34년간 징역살이 혹독한 징벌 세 번에 5개월여
뎃뽀수정을 차고 개밥 먹고 개잠 자기 일쑤 굽히지 않
았다 면회자도 영치물도 없는 외롭고 고된 징역살이
17년 9개월 만에 1969년 10월 4일 대구형무소에서
풀려났다 막노동으로 목숨을 잇던 어느 날 공장 전기

불이 나갔다

　　노동자 : 북에서는 전기가 나가는가?
　　국홍 : 공장이 돌아가는데 전기가 나가면 되나?
　　사무원 : 북쪽 경치는?
　　국홍 : 금강산은 세계 제일이고 지하자원도 많다

　‘고무 찬양죄’로 또 2년 간 징역, 출소했건만 사회안
전법으로 다시 청주 보안감호소로 끌려갔다 허구한
날 눈을 감으면 아버지 어머니 여동생 아내와 두 딸이
눈앞에 선히 나타났다 구슬같이 맑은 삼월강이… 신
기한 만물동굴이…

　그의 고향은 대동강 상류 북창(北倉) 땅 삼월이번
얼음이 풀린대서 삼월강 아름다운 삼월강 기슭 가난
한 초가삼간에서 태어났다 소년은 가랑이 걷어 올리
고 삼월강에 뛰어들어 뱀장어 모자 모래무지를 낚았
다 맨발로 삼봉산에 오르내리고 만물동굴 석순을 만
지작이고 평덕선(평양—덕천) 가창(假倉)역 역원으로
가난한 생계를 돕다가 해방을 맞아 청년사업에 몰두
북창군민청 위원장까지 올랐다

사회안전법 폐지로 1989년 10월 12일 청주에서 가
출옥
현재 광주 재활원에서 막노동
경동시장 민중탕제원 건넌방에 엎드려
동료 이두균 선생한테서 줄침을 맞는
불굴의 칠십 고개 투사

(1993. 4)

三花아기의 진혼곡

—옥중 31년 삼화아빠 안희숙

1

청년 시절 그는 군산제지공장 노동자였다 일찍 부모
를 여의고 동생 둘은 가난 탓에 영양실조로 죽었다
8·15해방이 되자 노동조합, 공청, 민청, 시당오르그로
5·10단독선거 반대연판장 투쟁이다, 남북총선거 쟁취
투쟁이다, 밤낮없이 쫓기며 뛰었다 잡히고, 풀려나고,
도망치고, 국방경비대에서 탈출 여기저기 전전하다 간
척사업장에서 6·25를 맞았다

인민군 9·28후퇴 때 북상하다 옥천에서 차단당해
장수 빨치산에 가담 뱀사골 전북 총사령부 정치학교 9
기생 1952년 1월 운장산에서 잡혔다 사형에서 무기,
무기에서 15년 대전형무소에서 처우개선, 인권, 전향반
대투쟁을 벌여 매 맞고 짓밟히고 걸레짝이 되어 징벌
방에서 사투하다 출옥 다시 월북미수죄로 2년 반 옥
살이했다 1976년, 사회안전법에 걸려 청주 보안감호소
에 갇혔다 거듭되는 옥고와 단식투쟁으로 결핵을 앓
아 죽을 고비를 넘기고 넘기고

2

스물일곱 살 신선옥(申善玉) 처녀는 안희숙 청년과 중매로 결혼했다 안은 막노동꾼 빈손으로 만난 중년 처녀와 노총각 시집이라고 와 보니 단칸 셋방 구석에는 이불 하나가 궤짝 위에 달랑 놓여 있을 뿐 신혼녀는 삼단 같은 치렁한 머리채를 싹둑 잘라 판 돈 천이백 원으로 쌀과 국수와 찬거리를 사왔다 다음날부터 신부는 완구공장으로 일하러 나가기 시작했다 남편은 왠지 늘 근심에 잠겨 괴로워하는 눈치다 왜 저럴까? 신혼이 재미없어서인가? 가난이 원망스러워서인가? 무슨 걱정거리라도 있단 말인가?

"당신 왜 그러세요? 무슨 고민이라도…"

참다못해 아내는 물었다

"…"

허나, 남편은 묵묵부답이다 꼬치꼬치 캐묻고 조른 끝에야 남편은 말주머니를 끄르기 시작했다

"사실은…"

남편은 더듬거렸다

"… 그래서요?"

"이 말을 하면 당신이 도, 도망이라도 갈까 봐…"

“무슨 홍두깨 같은 말씀을…?”

아내는 궁금증이 더했다. 남편은, 드디어 과거사를 나직이 털어놓았다

새댁은 참으로 놀라움과 의아함과 무서움 그리고 원망스러움이 한꺼번에 온 몸을 자근자근 조여왔다 그 무서운 빨갱이라는 낮도깨비가 바로 내 남편일 줄이야? 이게 꿈인가 생시인가? 아내는 고민하고 갈등하고 망설이고 주춤거렸다 공장엘 가도 일이 통 손에 잡히질 않았다

'갈라져? 이미 던진 몸… 어떡하지?'

머리 속이 욱신거렸다 가슴이 와들와들 뛰었다

'저 이가 그 몹쓸 빨갱이라니… 사람은 괜찮은 것 같은데…'

아내는 미로에서 갈팡질팡했다 하루는, 남편이 넌지시 말을 걸어왔다

“여보, 내가 그렇게도 나쁜 사람같이 보여? 빨갱이라는 말은 이승만 영감태기와 친일·친미 분자들이 지어낸 잘못된 말인겨. 빨갱이라는 말은 사실은 공산주의자를 깎아내리는 야비한 말투라, 워디가 나빠? 노동

자, 농민, 가난한 사람들을 위해 좋은 정치를 한다카는
건데…."

"우리 대한민국을 쳐내려 왔고 사람을 가두고 죽이
고 애국자를 끌고 갔으니 나쁘잖아요?"

"사람이 죽은 건, 되레 우리 진보적 진영이 몇 십 배
나 더 죽었제 미국 놈을 몰아내고 어서 통일하자는데
워째서 나쁘당가?"

"우리 대한민국을 뒤집어엎고 이북 같은 빨강나라를
만든다메요?"

"대한민국이 출발이 잘못되았고 지금도 잘못됐응께
바로잡자는 거여."

"어쨌건 난 대한민국이 좋고 이북은 싫어요."

"그건 반세기 동안이나 그릇된 반민족적 반공교육과
반공선전에 강압당하고 찌들고 인이 백혀 그런 거야.
하여간 오늘은 그만두자구."

공연한 말시비로 흑백을 가릴 수 없다는 걸 알고 아
내는 말꼬리를 잘랐다 그는 몇 밤 몇 달을 고민하던
끝에 에라, '팔자소관'으로 돌릴 수밖에 없었다 머릿
속을 훌훌 털어버려야 했다 첫아기 삼화(三花)가 태어
나자 마음은 웬간히 가라앉았다 삼화는 나서 넉달 만

에 "아빠" 하고 말문을 열었다 다섯 달만에는 걸음마
를 했다 다섯 살 때 1, 2, 3 … 10을 가르쳐 줬더니 100
까지 내리 쓴 신동이었다 아빠 엄마가 일터로 나간 새
시키지도 않았는데, 삼화는 탄불에 밥을 지어 아빠밥,
엄마밥, 제밥, 세 그릇을 나란히 조금씩 담아 놓을 정
도로 영리하고 깜찍한 아이였다

삼화가 여섯 살 나던 해 여름이었다 어느 새벽, 갑자
기 낯선 사람 둘이 들이닥쳐 아빠를 어디론가 끌고 갔
다 저녁때도 다음날 아침이 돼도 아빠는 돌아오지 않
았다
"엄마, 아빤 어디 갔어? 왜 안 와? 그 아저씨들은 누
구야?"
"…"
엄마는 시름에 잠긴 채 아무 말없이 공장엘 나갔다
기다려도 기다려도 아빠는 영영 돌아오지 않았다 청
주보안감호소에 끌려갔다고 했다 한 달이 가고 두 달
이 지나도 돌아오지 않았다 겨울이 가고 봄이 되어 강
남제비가 다시 찾아와도 아빠는 돌아오지 않았다

삼화 친구들이 줄넘기를 한다

삼화와 은주는 줄을 돌리며 노래를 부른다
한실이와 미숙이가 나풀나풀 뛴다

아빠야 아빠야 우리 아빠야
어디로 갔나요 어딜 갔나요
엄마랑 날 두고 어딜 갔나요
……

어린 삼화의 손을 잡고 면회를 갈라치면 교도과장은
말했다
　"삼화 아빠더러 전향서를 쓰도록 권하세요 전향서만
쓰면 당장 집으로 돌려보냅니다."
　그러나, 남편은 아예 질색이었다 '전향서' 말 따윈
애당초 입밖에 비치지도 말란다 번번이 허탕이었다
종이 한 장에
　'다시는 안 그래요. 마음을 돌리겠습니다.'
　이 말을 왜 못해? 지독한 빨갱이구나 하는 괘씸한
생각이 들었다 달이 가고 해가 지남에 따라 언니나 동
생 친정 쪽에서는 개가하라고, 팔자를 고치라고, 성화
가 빗발쳤다 자기들의 불행과 걱정거리는 죄다 네 남
편 탓이라 했다 원망의 소리가 높아갔다 이웃의 차가

운 눈총이 쏘아왔다 형사와 감호소는 조르고 협박했
다 홱, 개가해 버릴 거나 삼화 엄마는 미칠 것만 같았
다 앞이 캄캄했다 내 앞날에, 삼화 장래에 무슨 희망
이 있단 말인가 이웃은 수군덕거렸다 삼화는 빨갱이
딸이라 조롱받았다 차라리 멀리 떠나버릴까 떠나면
영리한 삼화는? 아니야, 저는 저고 나와 삼화는 굳세
게 살아야지… 스스로 마음을 가라앉히려고 애썼다

　삼화가 여덟 살 나던 해 정월달 가까스로 취학통지
서가 나왔다 엄마는 입학식 날 삼화가 입을 옷을 마련
할 심산 털실로 짠 자주색 윗도리와 빨간색 바지를 사
왔다 삼화는 입어보고 깡충 뛰면서 제 볼을 엄마 볼에
비벼대며 좋아라 했다 엄마는 잠시나마 갖은 고생도
가시는 듯했다 그러던 어느 날 갑자기 삼화는 골치가
아프고 가슴이 답답하다며 몸져누웠다 이튿날 엄마는
빚돈을 얻어 병원으로 갔다 주사만 놔주고 그냥 가란
다 하찮은 병이길래 그러지 했다 한데, 삼화의 열과
숨이 답답한 고통은 나아지질 않았다
　"엄마, 그 형사 아저씨 데려다 줘"
　"왜 갑자기…"
　"아냐, 내 꼭 할 말이 있어. 엄마, 불러다 줘."

삼화는 조르고 애원했다

엄마는 경찰서로 허겁지겁 뛰어갔다 형사 아저씨는
자리에 없었다 좀 기다리다가 총총히 되돌아왔다 엄
마가 혼자 온 걸 보고 삼화는 아주 실망하는 눈치었다
"삼화야, 형사 아저씬 왜 그렇게 갑자기 부르니? 그
말을 엄마에게 해주믄 안돼?"
"아냐, 꼭 그 형사 아저씨에게 해야 돼."
삼화는 안달하고 떼를 썼다 엄마는 다시 경찰서로
종종걸음쳤다 형사 아저씨는 여전히 자리에 없었다
엄마는 다시 헛걸음으로 돌아왔다
"삼화야, 형사 아저씨가 엽때 안 돌아왔드라 그 말을
엄마에게 해봐 어서."
엄마는 마치 어린 딸의 유언이라도 재촉하는 것 같
아 가슴이 메이고 찢어졌다
"삼화야, 넌 죽지 않아 죽어서도 안 돼 살아서 꼭 학
교도 가고 아빠도 만나야 해."
"네."
"그 말을 엄마에게 해 봐 어서 응."
불덩이 같은 볼 타는 입술을 움직이며 삼화는 조잘
대기 시작했다

“엄마, 이렇게 말할래요. 우리 아빠 죄가 없잖아요?
형사 아저씨 꼭 우리 아빠를 놔 주세요. 우리 아빠 불
쌍해요 엄마 내가 죽어도 엄마는 아빠 버리고 시집가
지 마. 꼭 응. 약속해 응.”
　엄마는 눈물을 글썽이며 어린 딸의 고사리 손을 꼭
쥐고 말했다
　“그래, 꼭 약속하마 어떤 일이 있드라도 끝까지 너의
약속을 지켜 주마. 삼화야 너는 죽지 않아 살아야 해.
암, 우리 삼화는 꼭 살아나야 해…”
　“엄마, 울지 마.”
　삼화는 수건으로 엄마 눈물을 닦아주고 제 눈물도
닦았다 엄마는 무당을 불러 굿도 올렸다 다음 날, 삼
화는 또 엄마에게 채근했다
　“엄마, 내 친구 은주 미숙이 한실이를 불러다 줘. 내
꼭 할 말이 있어. 얼릉 응…”
　엄마는 뛰어나갔다 요것들 셋 다 집에도 골목에도
없잖아
　“어떡하지, 셋 다 없구나. 삼화야, 그 말을 또 엄마에
게 해주지 않으련?”
　“안 돼, 내 비밀인 걸. 그 애들과만 말할 비밀이야.”
삼화는 친구에게 말하겠다는 그 비밀만은 끝내 엄마

에게 말해주지 않은 채 영영 눈을 감고 말았다

아아, 그 영리한 어린 삼화가 끝내 발설하지 않고 작은 가슴에 고이 간직하고 간 비밀이란 과연 무슨 말일까 떠도는 삼화의 중음신에 물어보랴 새봄에 돋는 새싹에 물어보랴 삼화의 어린 혼아 고이 잠들어라 영원해라 삼화가 숨을 거둔 다음 엄마는 이태 동안 냉방 5촉짜리 전등 아래에서 굶으며 애타하며 어린 딸의 유언을 되새기며 삶의 고행을 거듭했다

1989년 9월 6일 삼화 아빠는 사회안전법 폐지로 14년 간의 죄없는 죄값을 치르고 어린 딸의 간절한 유언대로 낮 빛 아래로 풀려나왔다 삼화 엄마는 고민과 망설임과 주위의 반대를 끝내 물리치고 어린 딸의 갸륵한 유언대로 남편을 받아들였다 1991년 1월 13일 완구노동자 신선옥 씨는 한때 그렇게도 밉살맞고 원망스럽던 남편 안희숙 씨의 회갑연을 당사자의 사양을 마다하고 오붓이 차려 드렸다 잔칫상에는 때때옷을 마련해 놓고 삼화의 영혼을 불러 딸과 아빠를 만나게 했다

그들은 지금 봉천동 뒷골목 좁은 셋방에서
어린 딸의 영혼을 달래주며
통일된 조국의 밝은 내일을 애타게 기다리며
근근히 살아가고 있다

(1991. 3. 20 독립문 옆에서)

곧은 외길

—옥살이 34년 3개월 함세환(64)

20세기 중마루턱 분단 조국에서 삶을 받아
젊음도 사랑도 빼앗겨 버렸다
한숨짓고 눈물 흘릴 틈새도 없었다

서부전선 까치산 운파산 국사봉 골짝에서, 능선에서,
영마루에서 남북 혈육전은 쉴 새 없이 벌어졌다 총알
빗발을 뚫고 날쌘 그는 용케도 살아남아 6지대 3지구
당 오대산 유격대로 피비린 싸움 가시숲을 헤쳐 52년
8월 환산전투에서 도당책 박우현마저 잃었다 90부대
450여 명은 초소와 지서를 기습해 탄약을 얻었고 가
평 춘천도 해방시켰다 원주로 행군 중 기습전 매복전
에서 금싸라기는 푹푹 줄어 택의산 싸움을 치르고 나
니 고작 17명 만이 살아남아 아, 산천에 호곡하랴

　1953년 6월 2일 아침 괴산 하관평 산마을 퍼런 감
알은 주렁주렁 파란 보리는 탐스런 이삭을 패고 피로
와 허기에 지쳐 식곤을 풀던 중 군경 포위망에 갇혀
버려 심수월(21·여·인민군 단천)이 전사하고 조홍
녀(21·여·학생 강경)가 전사하고 정복록(21·남·
농민 함양)이 전사하고 손철수(28·남·농민 김천)가
전사하고 함세환은 마지막 총알을 쏘았고 총 네발을

맞고 쓰러졌다 들것에 들려 안동특무대로 후송됐다

　징역 15년 1973년 6월 25일 만기 출소 농사일, 질
통, 리어카 끌기, 하수구 뚫기 등 닥치는 대로 전전
1975년 7월 23일 사회안전법으로 청주 보안감호소에
재차 수감 1988년 12월 동법 폐기로 풀려났다 유성
'사랑의 집'에 기거 중 1993년 12월 북쪽 옹진 함순
녀(81) 누님으로부터 45년 만에 눈물의 편지가 날아들
었다 꿈이냐 생시냐

(1994. 1)

활달하고 티없어

—두 번 옥살이 29년 6개월 김영달(61)

한 사람을 만나고자 천리길도 마다 않고 단숨에 달려왔다 바람비는 여전히 흩뿌렸다 시월 중순 어느 날 줄포 곰소 어간에서 내렸다 곧장 가면 변산반도에 닿는다 질척거리는 흙탕물 고샅길을 걸어 산 아랫자락 밭 가운데 나무에 둘러싸인 사슴목장집 대문을 두드렸다 김영달 부부는 구면처럼 반가이 맞아 주었다

1930년대 초, 영달이 세살 때 아부지는 큰아들의 손을 잡고 에미는 그를 업고 밥만은 먹을 수 있다는 만주로 간답시고 고향 영덕을 떠났다 부부는 가슴이 뭉클해 눈물을 찔끔거리며 뒤돌아보고 뒤돌아보고 아부지 등짐에는 쪽박이 대롱거렸고 에미가 인 흰 광목 보자기에는 낡아빠진 입성 몇 벌과 유랑길 끼니를 때울 콩떡과 삶은 계란이 들어 있었다

가없이 넓고 황량한 북만주 산 설고 물 설은 하얼빈 부근 중국인 황무지에 슬픔과 설렘의 소작농 첫 삽을 꽂았다 아부지는 타고 난 근면과 악착같은 성깔로 8·15해방 무렵에는 만평 소작농을 지었다 6·25 조국전쟁 때 인민군이 압록강까지 밀리자 그는 조국을 구하고자 학업을 중단하고 중국의용군 자원 통역을

맡았다 중국의용군이 철수할 때 인민군에 편입돼 최고사령부 호위부대에서 복무하다 휴전선 중립지역 민사행정경찰로 전역 1957년 휴전선 남쪽을 정찰 중 잡혔다 유황불 담금질 15년 만에 출옥 논산 부근 농장에서 일하다 어느 날 영문도 모르게 다시 법정에 끌려갔다

검사 : 사회 발전 단계를 원시, 노예, 봉건, 자본, 사회, 공산 여섯 단계라고 말했다지?
김 : 예
검사 : 그건 계급투쟁 선동이다
김 : 네에? 어떤 대학생이 찾아와 묻길래 배운 대로 말했소
검사 : 우리 대한민국에 거지가 많고 빈부의 차가 크다고 말했다지?
김 : 예
검사 : 그건 적을 이롭게 한 언동이다
김 : 아뇨. 본 대로 느낀 대로 말했을 뿐이오

이렇게 반공법에 걸려 징역 3년을 또 살았다 만기날 전향서를 안 썼대서 청주 보안감호소로 직행 사회안전법 폐지로 1989년 10월 9일 풀려났다 서울 서초동

초음교회와 자매결연 차유황 목사 주선으로 이 사슴
농장에서 사슴과 곰을 돌보게 됐다

 필자 : 징역살이에서 제일 괴로웠던 때는?
 김 : 교무과장이 전향자와 비전향자를 심하게 차별
할 때
 필자 : 전향문제로 갈등을 빚은 일은?
 김 : 죽음을 각오하니 편하고 아무런 걱정도 없었다
 필자 : 현재 소감은?
 김 : 청춘을 뺏겼지만 조국통일에 동원돼 영광이다

(1994. 10)

붉은별과 트란제스타

—옥중 26년 김용수

그의 고향은 대구
10월 인민항쟁에 가담했고
월북했다 6·25때 남하했다
1967년 조카의 밀고로 잡혀
대구형무소에 수감되었다
신현직 정용훈 박종린 등과 모의하여
'붉은별' 조각신문을 내고
간수를 매수하여 트란제스타를 듣다 들켰다
된 고문과 가형 그리고 무기의 회오리 속에서
10년 가형 지옥에 내몰린 형극(荊棘)의 나날
1993년 6월에 풀려났다
북에 두고 온 아내도 딸도 없는 척
허허 산다

(1994. 1)

빨치산이 범을 만나다

—옥살이 34년 빈농 출신 황용갑(61)

1949년의 지리산 그리고 겨울 지각변동보다 더 엄혹한 죽임의 땅 빨치산 활동지역은 나무건 부락이건 모조리 베어버리든가 불질러버려 산새 한 마리 토끼 한 마리 얼씬 못하게 했다 죽임의 총구는 사방에서 밤낮없이 겨누고 있었다 싸워 죽고 굶어 죽고 얼어 죽고

선(線) 요원은 때로는 비호마냥 때로는 두더지마냥 사선을 빠져나가야 했다 선은 빨치산의 생명선 혈관이자 신경이다 만물이 소생을 꿈틀대는 초봄 오늘도 레포를 가슴에 안고 조개골 도당을 떠나 써레봉에 접어들었다 어쩐지 으시시했다 화전민의 말이 생각났다 '범은 담배연기를 싫어하지' 바위를 등지고 〈단풍〉 한 가치를 꺼내 불을 달아 쭈욱 빨았다가 흰 연기를 화악 내뿜었다 순간, 무슨 기지개를 켜는 것 같은 뿌지직하는 소리가 들렸다 머리를 제껴 쳐다봤다 아니나 다를까 말로만 듣던 범이란 놈이 몽둥이 털을 곤두세워 부시시 털며 왕방울 눈으로 내려다보는 게 아닌가

아찔했다 아니다, 호랑이 굴에 들어가도 정신만 차리면 산다잖아 담뱃불을 밟아 끈 다음 시선을 약간 틀어 앞을 응시하는 척 의연히 두 다리를 땅에 박은 채

오른손으로 은근히 허리춤의 권총을 만지작였다 번개같이 스치는 화전민의 말 '범은 자기를 해치지 않는 한, 사람을 먼저 해치지 않아' 몇 초가 지났을까 중송아지만한 놈은 중봉 쪽을 향해 어슬렁어슬렁 거동하기 시작한다 제기(祭器)꾼들의 발자국이 낸 길인 성싶은 희미한 낙엽길을 따라—그 길은 바로 그가 가고자 하는 방향이다 '범아, 너는 과연 백수(百獸)의 신사구나!' 안도와 탄성의 숨을 삼켰다 다시 화전민의 말이 들렸다 '범은 사람이 앞에서 걸으면 홀리려고 장난을 치지만 뒤에서 걸으면 절대로 해치지 않지 오히려 사람을 안전히 인도해주는 격이제' 범의 뒷모습이 보이지 않을 즈음 (앗, 선 잇기 시간에 늦어선 안돼!)

그는 두 주먹을 단단히 쥐고 한 걸음 두 걸음 내디뎠다 등에서 식은땀이 후줄근함을 느꼈다 저만치께 앞을 가로막는 덩실한 바위가 보였다 범은 그 바위 위로 후닥닥 오른다 그는 살짝 숲 속에 몸을 감췄다 벼락 치는 소리! '캥!' 이랄까 '어흥!' 이랄까 '너희들 꼼짝 말아라!' 하는 범의 무서운 호령이었다 포효였다 그 울음소리 한마디에 만산의 백수는 그 자리에 납작 엎드려 발발 떨며 정신을 잃는다고 했다 왼쪽 골짝으로 몸을 솟구치는 모습이 어른거렸다 하아! 큰숨을 내쉬었다 주린 창자를 채울 먹이를 찾아 두 눈에 불을 켜들고 칼날 같은 이빨과 날카로운 발톱으로 그야말로 비호같이 미쳐 날뛸 광경을 그려보며 왼편으로 방향을 돌렸다

한 이백 미터쯤 내려갔을까 이삼십 명은 너끈히 비를 가릴 만한 바위지붕 밑에 닿았다 거기에 털똥이 좌악 깔려 있지 않는가 뼈다귀도 여기저기 흩어져 있었다 푸석푸석 말라 하얗게 된 털똥 거의 말라가는 누르스름한 털똥 눈 지 얼마 안된 듯 물렁한 털똥 약수가 강수에게 목숨과 몸둥아리를 빼앗긴 처절한 모습에 그는 머리끝이 오싹했다 토끼 노루 산돼지 따위를 산 채로 물어다 피 묻은 이빨로 씩씩거리며 연신 물어뜯는 광경이 눈앞에 서물거렸다 약육강식! 살려는 처절한 싸움! 그의 가슴에 만감이 떠올랐다

"아니다!" 머리를 모로 흔들었다 우리가 추구하는 세상은 이런 피비린내 나는 세상이 아니다 단연코 아니다 그는 죽임의 길을 뚫고 내달았다

(1993. 3)

총구를 향해 돌진

—옥살이 33년 고광인(60)

'일본 천황이 항복했대!'
'야아! 조선해방이다아!'

　팔딱팔딱 뛰었다 덩실덩실 춤췄다 와자지껄 웅성웅성 사람들은 모여들었다 흙 묻은 옷차림 바람으로 낫을 든 채 지게를 진 채 고창고보 운동장으로. 신림학교 운동장으로. 독립투사 이춘백은 말했다 "조선 해방이라오 해방! 일본 놈 쫄딱 망했고요. 여러분, 목 터져라 외치자요. 조선해방 만세! 독립만세! 여러분! 힘을 내자요 정성과 지혜를 모으자구요."

　개평리 고광인 소년도 눈망울을 빛내며 귀를 쫑긋대며 한 마디도 빠뜨리지 않고 들었다 고창군 인민위원회 간판이 내걸렸다 신림면 인민위원회 간판이 나붙었다 일본 통치에 대들던 사람들은 밤잠을 안 자고 새나라 건설에 발 벗고 나섰다 헌데, 아닌 밤중에 홍두깨 소문 '미군 헌병이 촉진대원을 앞세워 인민위원회 간판을 떼어갔대—' 이춘백은 분통을 터뜨렸다
　"이걸 기냥 놔둘 수 있것소? 잘 들어보소 희철이 겉은 지원병 갔던 놈, 성칠이 겉은 일본 놈 앞잡이 경방대원 놈이 말이여, 촉진대원으로 탈바꿈하여 미군 앞

잡이로 뛴다 이 말이오, 나 원 참 억장이 터져라오…"
 "옳소다잉!"
 "기놈덜 다리갱이 왕창 분질러 삐리자요."

  좌익이다 우익이다
  찬탁이다 반탁이다
  공산당이다 한민당이다
  빨갱이다 반역자다
  으르렁 드르렁 치고받아

 어느 장날 이북말 쓰는 청년들이 토박이 촉진대원과
합세해 장꾼들을 학교 마당으로 몰아넣고 본보기라며
건국 일꾼 두 청년을 총살했다 낯선 총잡이는 말했다
 "빨갱이 종말이디요!"
 장꾼들은 말문이 막힌 채 서로 멍히 얼굴만 쳐다봤
다 고광인 소년은 무서움에 떨면서도 작은 주먹을 옹
골차게 감아쥐었다 살인자들이 떠나자 이춘백은 주먹
을 휘두르며 외쳤다
 "…서북청년단은 이북에서 도망쳐온 친일파요 반역
자라요 우리들은 항미반미(抗美反美) 구국투쟁을 벌
입시다요…"

고광인은 삼남이녀 중 맏이로 천성이 착해 빠져 아버지한테 종아리 한대 맞아본 적이 없고 마당에 배 자두 앵두 석류가 주렁주렁 익어도 아버지 허락 없이는 한 개도 따먹지 않았다 6·25 동란 직후 수많은 사람들이 산으로 가자 그도 따라 나섰다 회문산 덕유산을 왔다갔다 진안 장수의 홍길동으로 불리어 용감무쌍히 싸웠다 적의 총구를 보고도 돌격했다 머리에 총상을 입고 팔에는 파편이 꽂히고 산다고 생각한 일은 한번도 없었다 죽어서 조국과 겨레에 이바지할 결심으로 충만 오직 희생정신뿐 오직 동지애뿐

1955년 겨울 눈 덮인 성수산 한 백발노인이 마이크를 들고 토벌대의 안내를 받으며 애원하는 목소리가 들렸다

"광인아, 아부지가잉 널 찾아 왔당께 손들고 어서 나오니라 살아야제, 이눔아 목숨이 제일이랑께…"

그는 1956년 겨울 부상과 기아에 헤매다가 잡혔다 모진 매질과 고문 20년 9개월 간 1차 옥살이 전향 테러에 초죽음 당해 업혀서 입방하기 그 몇 번 애기 주먹만한 밥덩이를 디밀어 놓는다 허기진 나날 뼈만 남

아 철창 밖 빤히 보이는 곳에서는 쥐가 오물오물 맛있
게 밥을 먹는다 허기고문 기아고문 '죽으면 죽었지 전
향서는 안 쓴다' 만기 출소 후 사회안전법으로 독방
12년을 더 갇혀 1989년 9월 6일 꿈인가 생시인가 풀
려났다 빼앗긴 젊음 33년 3개월

(1993. 4)

백년 만의 햇빛

―김선명 안학섭 한장호 세 장기수 출옥하던 날

1995년 8월 15일
아침 아홉 시 대전교도소 정문 앞
김선명(45년―세계 최장기수)
안학섭(43년)
한장호(39년)
불굴의 현대사 얼굴이 옥문 밖에 나타났다
사진기자들의 플래시가 일제히 터졌다
먼저 나온 동지들이 꽃다발을 걸어주고
포옹하고 악수하고 감격의 봇물이 터졌다
세 사람 모두 오랜 유폐인답지 않게
눈이 빛났다 늠름했다 의젓했다
혁명적 낭만주의란 저런 걸까
아, 백년만의 햇빛 눈물 눈물
무슨 말이 필요할까 보냐
기자들의 질문 공세에 답한다

"…오직 통일의 희망으로 살아남았지요. 저 안에는
아직도 많은 동지들이 갇혀 있습니다. 먼저 나와서 가
슴이 아픕니다…"(안학섭)

"…죽을 각오로 옥살이를 시작했지요. 남북 분단 50

년이라니… 이게 어디 말이나 될 법합니까? 우리나라
는 어쩌다가 이 꼴이 됐지요?… 전향테러 때 두 사람
이 맞아 죽을 적에 제일 슬펐습니다. 통일 염원의 대
가는 너무나도 비참했지요…"(김선명)

  인권 무인지경 처절한 독방에서
  어쩌면 저렇듯 흔들림 없이
  외로움을 딛고 용케도 살아 나왔을까
  인간 승리 인권 승리의 화신
  의인이 따로 있을까 영걸이 따로 있을까

(1995. 8)

윗선 차단
―윤창우의 최후

키는 작으나 입은 큼지막했다
철덩이 같은 다부진 체격
소박하고 평범한 성격
항상 웃는 얼굴 술 담배를 즐겼다

그는 8·15해방 전에는 일본에서 노동 귀국 후 조
선공산당에 가담 10월 인민항쟁에 투신했다가 월북
6·25때 다시 남하 낙동강전선이 교착상태에 빠졌을
때 이승엽은 윤창우를 경남도당 부위원장으로 부산에
투입했다 인민군이 후퇴하자 시당 선전원 박문기가
먼저 잡혔다 박은 고문에 못 견뎌 부산시당책 안소주
를 불었다 안소주가 잡혔다 안은 숫제 말을 안 할 요
량으로 혀를 깨물어 반이 잘렸다 살인적 고문을 들이
대며 윤창우 소재를 대라고 족친다 견디다 못해 반 남
은 혀로 쓰지 않기로 한 트를 쓰지 않으리라 믿고, 어
렴풋이 대줬다

윤창우는 쓰지 않기로 한 트니까 안전하다고 믿고
숨어 있다 잡혔다 경찰서에서 안소주를 본 윤창우가
투덜댔다 "이 사람두, 혀를 자른다카몬 몽땅 잘라삐릴
것이제…" 수사관이 때리고, 차고, 비틀고, 물고문, 전

기고문, 비행기고문 등 아무리 닦달을 앵겨도 막무가
내 윤창우는 요지부동 마지막으로 철사를 자지 속에
넣고 훑는다 응, 응, 신음소리뿐 단 한마디도 불지 않
았다 끝내, 윤창우의 윗선은 알아낼 도리가 없었다

  1950년 10월말 어느날 밤
  그날 밤은 폭풍이 유난히도 휘몰아쳤다
  부산 앞바다는 파도소리가 높아
  땅! 땅! 땅!
  세 발의 총성을 들은 사람은 아무도 없었다
  남한 어느 감옥에서도 윤창우 안소주 박문기를
  만난 사람이 없었던 것과 같이

(1990. 11)

병감 거절

―징역 20년 만에 자결한 송순영

'위암!' 최후통고다 순간, 그의 뇌리에는 부모님 얼굴이 어른거렸고 조국 산하가 스쳐갔다 무서운 고문에 망가진 몸 악병마저 덮쳤구나 굳게 다문 입술 정면을 응시하는 두 줄기 눈빛 온 몸이 짜르르 떨렸다

그의 고향은 원산 문천 시멘트공장 노동자 38선을 넘나들며 조국통일에 헌신하다 잡혔다 무기형에 20년 옥살이

"병감에 가야겠는데…"

"안 가요."

"와?"

"정든 이 장기수동 내 방에서 죽을라요."

"죽긴, 주사 맞으면 살지."

"흥, 주사 몇 대로 전향서와 바꿔볼려구. 어림 없지."

"강제 입원을 시켜야겠구먼."

"정 그러면 난 자결할라요. 당신들이 최주백 동지를 강제 입원시켜 놓고 전향서를 강요하며 진통제도 안 놔줬지. 절명 직전 정신이 몽롱한 상태에서 전향서에 손도장을 찍게 한 범죄를 저질렀것다. 혁명가는 죽을 자리를 알아."

그는 끝내 병감행을 거절
진통제 한 대 안 맞고
한 많은 세상을 마감했다
1988년 4월 대구감옥에서

(1992. 12)

봉자 어머니 구복순

박봉자(52)의 가물가물 아득한 무서운 기억, 눈물의 기억—긴 칼을 차고 가죽 장화를 신은 일본 순사가 아버지를 윽박지르며 데리고 갔다

봉자(峰子)의 아버지 박세열(朴世烈)은 반일 독립투사 8·15해방이 되자 남로당에서 건국활동 1948년 12월 여순반란 후 임실 경찰서로 끌려가 소식을 모른다

봉자의 어머니 구복순은 바느질 잘하고 음식 솜씨 좋고 예절바른 효부였다 해방 후 여맹에서 활약 남편을 빼앗기자 6월의 서릿발 마음을 굳혔다 1950년 9월 28일 인민군이 물러가자 세 딸을 삼밭골 할머니께 맡기고 입산했다

1950년 10월 어느날 어린 봉자는 안내원을 따라 산마을 해방구로 갔다 엄마는 군복을 입고 재봉틀에 앉아 바느질에 바빴다
"봉자야, 할머님 말씀 잘 듣고 공부 잘해야 돼."
"네에."
모녀는 얼굴만 보고 헤어져야 하는 다급한 판국 12월에는 신안리로 가서 다시 어머니를 만나 다음 해 초

봄까지 어머님 품에서 잔 꿈 같은 마지막 시간 어머니
는 손수 지은 빨간 반코트를 주면서 말했다
　"봉자야, 엄만 또 떠나야 해. 다시 부를게 잘 있어."
　가마골 도당으로 간다고 했다 빨간 반코트를 좋아라
입고 낯선 아저씨를 따라 밤길로 하산했다

　백련산 군여맹 박순애는 청웅면 남산리로 떠났다 그
곳 폐광굴에는 인민군부대와 입산 부락민이 와글와글
했다 폐광굴은 엄청나게 넓었고 맑은 물도 여러 군데
고여 있었나 막순애 부장은 "여긴 위험해요. 곧 다른
곳으로 옮겨야 합니다" 라고 말했다 "어떤 폭격에도
끄떡없어. 안전하디요." 라고 대꾸하는 부대장에게 박
순애는 "모르시는 말씀. 공격받으면 전멸이오. 빨리 부
대를 빼셔야 해요." 다급하게 말했다

　박순애는 임무상 곧 발길을 돌렸다 아니나 다를까
네 시간 후 군경합동 토벌작전이 개시됐다 폐광굴 앞
마다 입산자 가족들이 어머니 아버지 아들딸의 이름
을 부르며 빨리 나오라고 고추불을 때어 연기를 굴 안
으로 들여 보냈다(소문에는 독가스라고도 했다) 등뒤
에서는 경찰이 총을 들고 독려했다 굴 안은 매운 연기

로 자욱 아우성이 벌어졌다 수십 명이 손들고 나오자
마자 쓰러졌다 두 명은 우왕좌왕 구멍을 찾아 코끝을
내밀고 바깥 공기를 마셔 용케 살아났다 굴 속 질식자
숫자는 아무도 모른다

한편, 운암면 해방구 산마을 볏짚 나까리 밑 비트에
는 군당 조직지도원 김정기와 여맹원 구복순이 공세
를 피해 잠시 숨어 있었다 토벌대는 산마을 초토작전
을 폈다 이 집 저 집 울타리와 지붕이 와락와락 탔다
드디어, 볏짚 낟가리에 불이 달렸다 김정기는 불바다
를 헤쳐 수류탄을 던지며 뛰쳐나갔다 구복순은 자결
하려고 수류탄 핀을 뺐다 꽝! 하는 순간 한쪽 유방만
날아가고 목숨은 붙어 있었다

어두워지자 잠잠했다 구복순은 피범벅 가슴을 안고
탄 집 온돌방으로 들어갔다 마당에는 온 몸이 타버린
김정기가 들것에 누워 신음소리를 삼키고 있었다 때
마침, 도착한 박순애 피투성이 구복순을 붙안고 왈칵
울음을 터뜨렸다
"언니, 웬일이유…:" 박순애는 솜저고리를 벗었다
"순애야, 넌 살아서 싸워야 해. 그냥 입고 있어."

"안돼요. 언니가 빨리 나으셔야죠."

구복순의 피저고리를 벗기고 자기 솜저고리를 입혀 드렸다 상현달과 별빛이, 타버린 집터 슬픈 정경을 은은히 비춰 주었다 딴 비트에서 요양 중 구복순은 끝내 잡히고 말았다 필설로 다할 수 없는 처참의 극(極)이 벌어져 학산마을 뒤 산비탈 나뭇가지 어린 세 딸을 이 세상에 남긴 채 구복순은 아! 가랑이 찢긴 시체로 걸렸다 나이 서른 둘 1951년 음력 2월 11일

김점기는 줄회임에서 봉케도 살아나 백 배의 신념 빨치산 용맹을 떨쳤다 도당 레포로 이북에도 다녀왔건만 1956년에 잡혀 광주에서 사형당했다

구복순의 세 딸 봉자, 송자, 삼남은 할머니네로 고모네로 전전 길가에 나뒹구는 고아 막내는 남의 집에 줬고 봉자는 타고난 총명과 야무짐으로 병원 심부름하며 야학에서 배워 간호사가 되었다 동생을 찾다 공부도 시켰고 할아버지 할머니 장례도 치뤄 드렸다 송자는 고생 끝에 결혼도 했건만 실패하고 지금은 행방불명이다

봉자는 좋은 신랑 만나 남들처럼 살아도 자나 깨나 어머님 생각뿐이다 우연히 『남부군』을 읽고 줄에 줄을 찾아 나섰다 1990년, 어머님 친구 박선애, 순애 형제를 만나 실로 40년 만에 들은 어머님 소식 '아, 아' 뜨거운 눈물 속에 삼삼히 떠오르는 그때 그 모습! 빨간 반코트를 주시던 어머니!

(1993. 4)

다정한 남편이었지
—징역 20년 만에 자결한 탁해섭

1958년 광주형무소 3동 7방 푸른 옷 여섯이 머리를 맞대고 오순도순 작은 키에 갈죽한 얼굴의 주인공 두만강 가 출신 탁해섭은 작은 몸매이나 야무져 보여 걸레빨기 변기청소 등 궂은 일은 혼자 도맡아 했다 말수가 적고 글 읽기에 여념이 없었다 그는 통일사업 연락조장으로 남하하여 일년 전에 잡혔다

고문, 악식, 단식, 전향테러에 시달려 그는 결핵을 얻었다 1978년 봄 전주로 이감 교화사들은 공병 경쟁으로 달려들었으나 '어디 보자 이놈 본때를 보여줘야지'
"전향서를 써!"
"안 쓴다."
"왜?"
"조국과 당을 배신할 수 없다."
"개뼉다구같은 말 떠벌이지 말고 써!"
"안 쓴다."
"악질 자식 네깟 놈이 뭔 충신이라구."
거친 말, 주먹질, 발길질, 개벌레나 똥먼지 쯤으로 짓밟는다 인간으로서는 도저히 더 이상 참을 수가 없었다
"너희들이 사람이냐? 법도 없나?"
그는 번개같이 일어나서 의자로 형리를 내리쳤다

그는 수갑 채이고 두 팔 꽁꽁 묶였다 20년 독방 뼈만 남은 결핵환자의 망가진 몸에 잔인한 복수의 매질 때리고 짓밟고 짓이기고 동댕이치고 초죽음 아닌 반죽음 그의 눈은 풀려 있었다 저도 몰래 '젓 전햐앙' 외마디소리가 그만 흘러나왔다 '성공!' 묶음을 풀어준다 차츰 정신이 돌아와 '앗, 큰 과오를… 약했구나!' '동지들을 대할 면목이 없어', '…하지만…' 그는 비장한 각오나 한 듯 입술을 지긋이 깨물고 말했다

"출역도 대비하고 조용히 생각할테니 잡거사(雜居舍) 독방에 넣어주라요."

낯선 독방 지난 20년 간 이웃했던 동지들과 떨어져 외로움이 엄습했다 조국과 당에 돌이킬 수 없는 큰 죄를 짓다니 내 죄를 꼭 씻으리라 씻으리라 구름 위에 솟은 백두산이 보였다 고향 두만강 물이 늠실늠실 흘렀다 그리운 고향산천이 펼쳐졌다 아내와 아들들 어머님 아버님 친구들의 얼굴이 금세처럼 떠올랐다 나도 귀엽고 아껴주던 아들이었건만 다정한 남편이었고 두 자식의 좋은 아버지였지 그의 눈에서 두 줄기 눈물이 흘러내렸다 '취침!' 구령과 함께 온 사동은 쥐죽은 듯 고요했다 그는 은밀히 이 세상 마지막 작업을 서둘

렀다

  다음날 아침 불려온 검사 앞에서 담당은 옥문을 열
고 설명했다 검사는 머리를 끄덕끄덕 '응, 응'만 뱉고
총총히 사라졌다 1978년 4월 어느 날 그 날도 옥담
밑 개나리꽃은 노랗게 피어 있었다

(1993. 3)

영원한 청년 투사 시인

임헌영 문학평론가

1. 지리산 사람들과 그 후일담

그는 영원한 현장의 시인이다. 1980년대 이후 민주화와 통일을 위한 집회에는 어김없이 가장 정확한 시간에 나타나 최후의 한 사람이 남을 때까지 현장을 관찰하는 그는 우리 시대 최고의 실록 증언 시인이다. 그는 영원한 청년시인이다. 아니, 청년을 능가하는 불굴의 투사다. 어떤 위험하고 어려운 현장에서도 그는 비켜서거나 젊은이에게 양보 않는 전위대로 나선다. 그는 영원한 대중시인이다. 그의 시는 국민대중의 고통을 호소하는 함성이자 절규로, 큰 소리를 내면 바로 구호와 표어가 될 수 있는 무장화된 언어들이다. 그의 시는 침묵을 거절하고 포효를 지향한다. 그의 시는 독창이 아니라 합창이요, 시대고를 아우르는 일대 교향악이다. 그의 시는 미학적인 정장으로 활자매체에 갇히기를 거부하면서 편안한 복장으로 거리를 누비기를 즐긴다. 그는 집회의 시인이자 군중의 시인이기에 고독과 내면적인 고뇌를 돌볼 틈새가 없다.

시인 이기형, 바로 우리 시대의 현장 증언의 시인이다. 그가 가장 즐겨 찾는 현장은 역사의 격전장인 분단의 아픔이 스며있는 곳, 곧 '지리산' 같은 곳이다. 딱히 지리산이 아니어도 도회나 농촌 어디든지 지리산 같은 치열성이 있는 곳이면 이기형에게는 놓칠 수 없는 시적 모험의 현장이 된다. 그래서일까, 나는 그의 여러 시집 중 실록 연작시 『지리산』(아침)을 제일 좋아한다.

지리산은 바라보아서는 모른다
관광길 눈요기로는 더욱 모른다
저 큰 가슴팍에 온 몸을 파묻고 통곡해 보라
호혼(呼魂)의 바다 속 깊숙이 잠겨보라
　—『지리산』, 「서시」 중에서

『지리산』에는 「서시」 외 55편의 연작시들이 실려있는데, 대개 빨치산들의 생애가 축약되어 있다. 시는 단편 서사구조로 되어 때로는 산문처럼 늘어지는가 하면 고도의 응축으로 시화되기도 하는 등 다양한 변신을 거듭하면서 지리산자락 골짜기의 변환처럼 변모를 거듭한다. 꽁트였다가 단편으로, 다시 시로, 혹은 수필

형식에서 기사체로 온갖 문학 양식을 넘나들면서도 구태여 시집이란 형태로 묶어내는 연유는 이기형 시인이 지닌 미학적 장기이기도 하다.

바로 『지리산』의 속편 같은 내용이 이 시집 제5부 「가시밭 약전(略傳)」이다. 장기수들의 세계를 취재한 결실인 이 시들은 지리산의 후일담이기도 한 분단시대의 상처가 고스란히 펼쳐진다. 장기수 모임에는 빠짐없이 참석했던 시인이 틈틈이 모아온 메모를 망라하여 그 면면들을 작품화한 분단시대 수난의 벽화들이다.

고성화(22년 투옥, 이하 괄호 안 숫자는 투옥 기간임), 김창기(24), 윤희보(26), 박봉현(32), 이종환(41), 왕영안(33), 윤기남(28), 이내선(37), 송상준(35), 김광길(30), 이경구(37), 김국홍(33), 안희숙(31), 김영달(29), 김용수(26), 황용갑(34), 고광인(33), 그리고 장기수 김선명과 안학섭, 징역 20년만에 자결한 탁해섭과 송순영, 윤창우의 최후, 봉자 어머니 구복순, 이렇게 총 23명의 인간상이 등장하는 이 시편은 가히 한국 현대사의 요람에 다름 아니다.

제주도 투쟁사를 "20년대 한학자 강창보 선생의 사회주의 독립투쟁을 시발로 30년대 김명식 김문준 선

생의 야체이카 운동, 8·15해방 이후 인민위원회 창
설"(「내 고향이 아니었습니다」)이라 간략히 요약하는
언술, "병을 이겨내는 힘의 원천"은 "낙천적 신념"이라
고 말하는 「병마를 이기는 힘」, 혁명가의 자질을 "순결
성 투철성 실천력"이라며 "일제 시기 비전향은 고작
27명뿐"이라는 「인간에 대해 생각해 보라」 등 투사들
의 면모는 제각각의 모습으로 부각된다.

　시를 쓴다고 ?
　집어쳐!
　그 자체가 위대한 시인데
　무슨 사족이냐.

　그 광염의 눈빛을 본다
　그 용광로 가슴을 읽는다.
　살기로 미쳐버린 한 많은 세월
　(중략)
　"혁명가는 혈연을 끊는다고 말하지만, 누구보다도 가족 고향
조국을 사랑합니다. 가족과 고향을 잊는다면 조국을 사랑한다
고 볼 수 없겠지요."
　내 딸 정림아! 어데 있느냐. 봉숭아 물들인 네 손을 만져보고

싶구나.

옥분아!(누이동생) 너도 인젠 얼굴에 주름이 잡혔겠지. 네 나풀대던 뒷머리채가 지금도 눈에 선하다.

'범은 자기를 해치지 않는 한, 사람을 먼저 해치지 않아' 란 화전민의 말을 실천하여 범 앞에서 무사히 살아난 이야기인 「빨치산이 범을 만나다」는 기담에 속한다. 원산 태생으로 문천 시멘트 공장 노동자인 송순영이 옥중에서 위암에 걸리자 치료와 병동 입실을 미끼로 유혹했으나 "진통제 한 대 안 맞고 / 한 많은 세상을 마감"한 최후(「병감 거절」)의 모습이나, "철사를 자지 속에 넣고 훑는다 / 응, 응, 신음소리 뿐 단 한 마디도 불지 않았다"(「윗선 차단」) 그래서 수사관에게 '너도 사람이냐?' 는 소리를 들으며 죽어간 윤창우의 이야기 등은 옥사한 인간상들이다.

『지리산』에 등장하는 인간상들의 후일담으로 접근해 봄직 하다.

2. 미국 속의 노시인

시집 제4부는 미국을 노래하는 시들이다.

이기형 시인은 어느 모로 보나 미국과는 궁합이 안 맞는데, "며느리 출산을 맞으러 비행기를 타고" 도미, "미시시피 강 하구 뉴올리언즈"에 가서, "삼팔선도, 외군도 국가보안법도 없어 좋군요." 라면서도 의연히 조선 소나무를 보게 된다(「열풍과 조선 소나무」) 이 식물성적 시인은 유난히 나무에 민감하여 "캘리포니아와 네바다 접경에 위치한 2600미터 화이트산"의 무려 4768년 산 적송의 일종인 메두셀라(Methuselar)를 보며 "전 역사시대의 꿈과 싸움질을 샅샅이 보았느니, 피부 색깔 인종에 관계 없이 과욕을 버리고 화목하고 사랑할진저 / 생트집으로 약자를 목조여 죽인 자는 고금에 준엄한 역사의 심판을 받았고, 정의의 힘은 언제나 사악의 힘을 물리치고 이겼음이여"라며 도원경을 꿈꾼다(「4768살의 수상수훈(樹上垂訓)」).

맨하탄 네거리에서 흑인이 "청색신호를 기다리다가 덥석 접문(接吻)을 시작"하는 걸 보면서 약소민족의 비애를 상기한다든가, UN 본부 앞에서 지구촌이 도원경을 꿈꾸는 장면(「UN 본부 앞에서」), 그리고 「쌍둥이 백십 층 잔해를 바라보며」 등은 시인의 착잡한 심경이 드러난다.

그렇다고 민족주체적인 역사의식이 시들진 결코 않아 「노근리—꽃을 아름답다고 말할 자격이 없는 사람들에게」, 「금창리」, 「매향리」에서는 너무나 선명하게 민족의식이 되살아난다. 이런 민족의식의 연장선상에 「누가 악의 축인가」, 「그 아비에 그 아들의 나라」, 「미군은 물러가라」 등이 뒷받침해준다.

시집 제1부 「봄은 왜 오지 않는가」는 빈약한 우리의 역사의식 전반에 대한 각성제 역할을 하는 작품들이며, 제2부 「생명줄 금수강산」은 환경생태계 문제를 다루고 있고, 제3부 「남과 북은 자주 만나자」에서는 통일에의 의지를 노래한다.

투사 이기형 시인의 건재를 알려주는 이 시집을 계기로 그에게 진짜 청춘이 함께 하시기를 빈다.

늙지않는 푸른 대나무, 이기형

문병란 시인

86세 노익장의 민족시인 이기형!

그분의 시는 우리나라 근현대사의 실록이자 증언이다. 그분이 그리는 조선지도는 특별하다. 38선이 없이 넘나들 뿐만 아니라 선열들의 우국단성, 피얼룩진 산하와 감옥을 찾아다니며 거기 묻힌 고운 백골과 빛나는 이름을 밝혀내고 투쟁의 핏자국을 절창으로 노래한다. 『지리산』이 그러했고, 『산하단심』이 그러했다.

그 완결편으로 보여지는 근작시 모음집, 명동거리의 젊은이들을 바라보는 그의 눈은 사뭇 근심스럽다. 울 밑에 선 봉선화 세대가 마지막 가는 이 시절에 USA 매니큐어 세대에게 전하는 진실의 미학은 경고에 가깝다.

아직 봄이 오지 않는 한반도, 꿈별을 바라 통곡하는 노시인의 절규는 분단 58년을 맞는 이 시점에서 우리의 가슴을 파고드는 통일의 당위성이다.

그는 역사를 산다

김재용 문학평론가

　식민지시대를 살았던 사람들이 당시 식민지적 상황을 위기로 파악하고 나날의 삶 속에서 이를 극복하려고 했던 것이 자연스럽게 주어지는 것이 아니라 진지한 성찰의 결과였던 것과 마찬가지로, 분단시대에서 분단을 민족의 자율성을 저해하는 심각한 위기의 상황으로 간주하면서 일상에서 이를 넘어서려고 하는 노력 또한 결코 쉽지 않은 일이다.

　이기형 시인은 분단시대를 줄곧 살면서 이 위기의식을 몸으로 직접 느끼면서 살 뿐만 아니라 그것을 언어로 표현하고 있는 드문 사람 중의 하나이다.

　이러한 시인의 노력은 분단 하에서도 그 의미를 가지지만 분단이 극복된 후에 더욱 생생하게 드러날 것이다.

삶의 시선 012

봄은 왜 오지 않는가

초판인쇄 | 2003년 10월 22일
초판발행 | 2003년 10월 24일

지은이 | 이기형
펴낸이 | 이인휘
펴낸곳 | 도서출판 **삶이 보이는 창**
등록번호 | 제18-48호
등록일자 | 1997년 12월 26일
배본 | 한국출판협동조합 02)716-5619

(152-850) 서울 구로구 구로6동 314-1 극동상가 412호
전화 | 02)868-3097   팩스 | 02)868-4578
홈페이지 | **www.samchang.or.kr**
E-mail | **samchang@samchang.or.kr**

값 5,000원

ISBN 89-90492-09-2